Ernst Jünger
LA TIJERA

Traducción de
Andrés Sánchez Pascual

Ensayo

Título original: *Die Schere*

1.ª edición: enero 1993

© Ernst Klett Verlag für Wissen und Bildung
GmbH, Stuttgart 1990

© de la traducción: Andrés Sánchez Pascual, 1993
Diseño de la colección y de la cubierta: MBM
Reservados todos los derechos de esta edición para
Tusquets Editores, S.A. - Iradier, 24, bajos - 08017 Barcelona
ISBN: 84-7223-652-8
Depósito legal: B. 2-1993
Fotocomposición: Foinsa - Passatge Gaiolà, 13-15 - 08013 Barcelona
Impreso sobre papel Offset-F Crudo de Leizarán, S.A. - Guipúzcoa
Libergraf, S.A. - Constitución, 19 - 08014 Barcelona
Impreso en España

ERNST JÜNGER

Nacido en Heideberg en 1895, Jünger participó en la primera guerra mundial y, tras ésta, compaginó su afición a escribir y viajar con sus estudios de filosofía y zoología. Durante la segunda guerra mundial, tomó parte en la invasión alemana de Francia. De entonces datan sus diarios de París, que luego incorporó en los primeros volúmenes de *Radiaciones*, título general de sus diarios que abarcan desde 1939 hasta 1980. Tusquets Editores ha publicado ya *Radiaciones 1 y 2* (Andanzas 98/1 y 98/2), y sus novelas *Tempestades de acero* y *El tirachinas* (Andanzas 53 y 55). Jünger también es autor de varios ensayos, reconocidos por la originalidad e independencia de planteamientos: en esta misma colección, ya publicados, *La emboscadura* y *El trabajador* (Ensayo 1 y 11), y en preparación, *Aproximaciones* y *El corazón aventurero*.

Indice

Primera parte 9

Segunda parte 95

Primera parte

1

Cada cual tiene una habilidad, un arte, que, sean cuales sean sus resultados y sus logros, es el suyo. El impulso instintivo que lleva a un ser humano a ejercitar ese arte, a cantar o a danzar, por poner un ejemplo, le es innato; y ese impulso encuentra su satisfacción en la práctica, cuando se «juega» con él.

Sería ocioso preguntar si ese instinto precede al instinto religioso o lo sigue. Ambos están inseparablemente unidos, como lo están el inspirar y el espirar — son como el recibir y el agradecer.

Las religiones son en este aspecto obras de arte mejor o peor logradas. En la obra de arte el tiempo encuentra su confirmación en un plano elevado, si bien lo perfecto, que es vislumbrado fuera del tiempo, permanece inalcanzable. De ahí que una moda se agote en lo cotidiano, que un estilo se agote en los siglos.

En los sitios donde se desmoronan imágenes es menester que vengan otras imágenes a sustituirlas; se corre el peligro de que haya pérdidas si no acontece eso.

2

Los cultos no pueden perdurar sin imágenes. Aun en el desierto es preciso colocar como mínimo una piedra. Algo ocurrió en aquel lugar, algo que así es rememorado. Tal vez cayó del cielo un meteorito, o bien es sólo un rumor. En este caso el rumor causa un efecto mayor que el hecho mismo.

Las imágenes son la roca primitiva en que se asientan los cultos; su vida es más duradera que la de los dioses en cuyo honor se erigieron. Nos encontramos ante una estatua sacada de entre los escombros de unas ruinas y el sentimiento que tenemos es éste: «Ahí tuvo que haber un dios». No conocemos ni el santuario ni su nombre, pero somos interpelados por un sentido oculto que le estuvo cerrado con llave incluso al propio artista. En la obra de arte está viva una fe que dura más que todos los dogmas.

3

Cada cual es también el autor de su biografía, el biógrafo de sí mismo. Es él quien escribe su propia novela y es consciente de que le está encomendada esa tarea. Eso es lo que explica que casi todo el mundo haya comenzado a escribir alguna vez en su vida una novela.

El problema está en cómo le ha salido a la persona singular la exposición de su vida. Es cosa que nada tiene que ver ni con sus circunstancias externas ni tampoco con que su novela tenga un final feliz. El problema está, antes al contrario, en el modo como la persona singular ha administrado sus talentos — y éstos le están dados por anticipado, antes de que ella viera la luz de este mundo.

4

So musst du sein [Así has de ser]* — tarea del autor es atinar con esa cualidad del ser humano, con su sino, que puede ser trágico, heroico, cómico, repelente; la materia del autor es simplemente el mundo.

El Falstaff de Shakespeare, el Raskólnikov de Dostoievski, el Woyzeck de Büchner son en este sentido personajes bien logrados, no obstante que el primero sea un borracho, el segundo un asesino y el tercero un idiota. En tal abanico de colores pueden resplandecer de súbito aun las cosas banales; es lo que ocurre en *Oblomov*.

Pero si dijéramos que los caracteres están bien logrados gracias al arte, diríamos sólo la mitad de lo que hay que decir. Lo que ocurre más bien es que el autor descubrió en un determinado punto el genio del mundo. Eso reclama nuestra simpatía, nuestro compadecimiento y también, en la tragedia, el miedo y el terror.

* Famoso verso del poema de Goethe titulado *Daimon*, de la serie *Urworte, orphisch* [Protopalabras, a la manera órfica]: «Como el día en que fuiste otorgado a este mundo / el Sol se levantaba entre el saludo de astros, / y enseguida y después creciste un día y otro, / según la ley conforme a la cual fue tu entrada; / *así has de ser*, no puedes escapar a ti mismo». Traducción de José María Valverde. *(N. del T.)*

Lo que el autor tiene es una profesión, no un oficio. De ahí que con respecto a valores tales como la culpa y la inocencia o lo bello y lo feo posea una visión más amplia que la usual en la vida corriente. Eso puede acarrear conflictos; es lo que le sucede al juez, quien ha de atenerse a la ley aun en aquellos puntos en que ésta le repele en lo más íntimo.

5

Zeus participa en la batalla de los dioses y los hombres como si estuviera asistiendo a un espectáculo; el espectáculo produce una conmoción en Zeus, que lo pesa en su balanza: el Destino es más fuerte que el propio Zeus.

6

Ya en otra obra mía conté la anécdota del pastor protestante que, al salir de la iglesia tras haber predicado un sermón sobre la bondad de Dios, fue abordado por un jorobado:
—Míreme usted a mí, señor pastor.
—Pues a mí me parece que, para ser usted un jorobado, no ha salido mal.
Si recuerdo bien, fue en una obra de Karl Julius Weber donde subrayé ese pasaje, pero volví a encontrarlo en Diderot y en otros autores. Es evidente que se trata de una anécdota ambulante dotada de un sólido núcleo.

La contestación del pastor protestante da en el clavo, pero el consuelo que aporta al interesado es escaso. Esa respuesta le estaría mejor a un anatomista, o a un pintor como Brueghel, o a un lama, que no a un clérigo de confesión cristiana.

También una incisión, un corte, puede traer la curación; a los cínicos les gusta remitirse a las cosas. El afectado queda así confrontado sin rodeos con su sino; y cada uno de nosotros arrastra consigo alguna suerte de joroba. El problema está en saber cómo arreglárselas con ella o sacar incluso ventajas de las cosas que nos abruman. Karl Julius Weber dice: «Los jorobados sustituyen casi siempre con espíritu aquello que falta o que sobra a su cuerpo». Y da una lista de genios que llevaron esa cruz; Lichtenberg fue uno de ellos.

7

Se da la coincidencia de que en la mañana de hoy, 3 de septiembre de 1987, he leído en el periódico una máxima que me ha hecho pensar. Dicho sea de paso: cuando tenemos ocupado el ánimo en un asunto multiplícanse las cosas que hacen referencia a él; es como si hubiéramos llamado a una puerta que se abriese a un panorama de ideas.

El periódico atribuye la máxima a un contemporáneo nuestro que ayer cumplió ochenta años y del que asegura que es el galerista más importante de Alemania. La máxima reza así: «Si creyéramos que el arte ha de ser necesariamente moral, eso representaría el fin del arte».

Sobre esto cabe reflexionar, como se ha dicho. Es evidente lo que quiere decirse con esa frase; uno puede estar de acuerdo con ella. La frase toma partido en esa disputa interminable en la que se considera que el arte es un asunto de gusto y se le exige que sea necesariamente «algo». Eso es no apreciar debidamente el rango que el arte tiene.

Cuando, al inaugurar el nuevo ayuntamiento de Hannover, Guillermo II dijo ante un cuadro de Hodler: «A mí no me va en absoluto esa tendencia», tal juicio brotó de la voluntad más que de la intuición. La intuición se basaba no tanto en algo estético cuanto en algo político; y en ese sentido no carecía de instinto.

Cuando diez años más tarde Oswald Spengler dijo que lo que Hodler hacía era levantar pesas de cartón, estuvo más cerca de dar en el clavo, de acertar en una cuestión cardinal, que concierne al pintor y no sólo a él: el problema de dónde acaba el arte y dónde empieza la caricatura. No es una mera cuestión de gusto. Atañe al *modus in rebus*, que está vigente también en la Naturaleza animada y en la inanimada. Los ojos se ofenden en aquellos sitios donde las proporciones sufren quebranto.

Tampoco la Naturaleza puede permitirse una jirafa con un cuello de cualquier longitud. No fue Darwin el primero en poner límites a la Naturaleza. Resulta comprensible que las gentes sencillas se echen a reír cuando contemplan ciertos animales en el parque zoológico: tienen la impresión de que allí se le fue un poco la mano a Proteo, de que comenzó a dar traspiés.

También en la vida cotidiana es lo cómico uno

de los escollos en que tropezamos — ocurre hasta en las modas relativas al sombrero o a la barba. Las proporciones quedan invertidas en aquellos sitios donde se trata lo cómico como arte, que es lo que se hace, por ejemplo, en el circo y en el teatro. Hay innumerables payasos, pero nada es más raro que un *clown* genial.

8

Volvamos a la máxima de antes. También cabría darle la vuelta y decir: «Si creyéramos que el arte ha de ser necesariamente amoral, eso representaría el fin del arte».

Es una disputa que se desarrolla en los atrios, fuera del santuario. Al sustantivo «arte» cabe agregarle cuantos adjetivos se quiera, que no por ello se atinará con una tarea suya definida — en el supuesto de que exista en absoluto una tarea o incluso una actividad. Lo que el pintor tiene son vistas sobre las cosas, no es que actúe con vistas a algo, con una intención.

La imposibilidad de apresar con adjetivos el arte, de darle una calificación con ellos, es prueba de su autarquía, incluso de su soberanía — para no ir más lejos. Los dioses, los titanes, los héroes, los mendigos, los césares, los bellacos, los filisteos: por entre todos esos asuntos pasa el arte causando grandes efectos, pero sin modificarse a sí mismo — se asemeja a la ola que levanta barcos y los aniquila, sin cuidarse de si están al servicio del comercio o de la guerra o de la piratería o del placer.

9

Lo que el arte tiene son horizontes, no un horizonte. En eso se asemeja al Universo, es universal. La contemplación puede llevar a un recogimiento íntimo, a vistas panorámicas sobre cordilleras; las formas se funden. Resulta ya casi imposible discernir qué es cielo y qué nube, qué es roca y qué glaciar. El Sol se toma vacaciones; nos hace el obsequio de un resplandor postrero. Se cierra el museo; ha acabado el concierto.

Se escribió un pergamino, se pintó un lienzo. El tiempo borrará las letras, borrará las imágenes; algo ocurrió, no obstante, algo que es imposible borrar. La persona singular podrá olvidarse de que alguna vez le produjo entusiasmo un gran poema, o la Mona Lisa. Pero esas cosas provocaron un cambio en ella, aun cuando las fuerzas de su espíritu decaigan o aunque fuese la madre quien, con la corriente de la sangre, trasmitiese aquello al no nacido.

Acaso la persona singular se olvidó hasta de su propio nombre — envejecer no es sólo ir retirando cosas, es también hacer limpieza.

10

Entre el horizonte del maestro y el horizonte del crítico se dan correspondencias. La suprema es la congenialidad. Una crítica floja, aun en el caso de que rinda veneración, resultará insatisfactoria. También el elogio puede ser perjudicial. El mejor juicio es el que dicta el Tiempo, pues hace que las estrellas vayan palideciendo de conformidad con su rango. Se retiran a la gloria.

El número de estrellas apagadas, que no brillan, es infinitamente mayor que el de las que son veneradas. Los antiguos consideraban que las estrellas fijas eran agujeros hechos con la punta de un alfiler en el firmamento; él nos protege de una cegadora profusión de luz. Vistas así las cosas, todo el mundo es genial.

11

Lo que la ola hace es trasladar el movimiento que ella recibió cuando fue alzada por una tempestad o un terremoto o por un barco que navegaba hacia el puerto. Lo que la ola hace es guiar el movimiento sin que el agua se mueva de su sitio. La cuerda sigue teniendo la misma longitud una vez que la vibración se ha desplazado por ella; sirvió de medio, semejante en eso al hilo de cobre que lleva los impulsos eléctricos a través de países y de mares.

La fuerza adquiere cualidad en el punto donde topa con un receptor. Sólo junto al arrecife se convierte la ola en oleaje. Antes de que su barco se hunda náufrago en la noche, el piloto oye ese oleaje.

«Carente de cualidades» quiere decir un estado en el que aún no se han desarrollado las propiedades. La fuerza, cualquiera que sea el nombre que se le dé, guardaba para sí sus reservas. El dar nombre representa ya una mengua. Más profundo que la palabra es el silencio.

12

Las cuestiones cardinales, como la del libre albedrío, por poner un ejemplo, se señalan porque nunca quedan resueltas. Una y otra vez se las aborda — con pausas. Durante ellas el *Zeitgeist*, el Espíritu del Tiempo, se vuelve hacia otros problemas.

También es objeto de continua indagación el problema de si el camino es más importante que la meta. En la actualidad está empezando a perfilarse una tendencia que responde afirmativamente a esa pregunta. Uno de los indicios es que el progreso, es decir, el vencimiento inteligente del camino, va perdiendo adhesiones. Más importancia que el progreso está adquiriendo el «medio ambiente».

Es evidente que el progreso ha llegado a un punto en que los zapatos comienzan a apretar. A la vez se torna empinado el camino. Y aparece esa expresión, «medio ambiente», de difícil definición y que trae consigo conflictos nuevos, cual si fuera una manzana de la discordia. El medio ambiente no es un camino, pero alberga en sí muchos caminos que ya han sido recorridos y muchos más que son posibles.

«Medio ambiente» es una expresión que significa muchas cosas, un signo de transición — — — «una llamada de cazadores extraviados en la espesura del bosque» (Baudelaire).

13

Cuando un vocablo produce desasosiego es que constituye una advertencia, de una señal, más que un indicador de caminos. Parecida a los anillos que rodean a la piedra lanzada al agua, la señal se propaga en círculos. En los sitios donde la señal anuncia un peligro —como lo hace, por ejemplo, un semáforo en rojo en un cruce o el ligero malestar que sentimos en un órgano—, todo es posible. Muchas son las cosas que allí cabe aguardar y muchas también las que temer; a la postre, la muerte.

Todos los cambios van precedidos de advertencias, de señales. Antes de que el alud se precipitase montaña abajo desprendiéronse algunas piedras. Antes de que pudiera verse u oírse nada, la persona dotada de sensibilidad para el tiempo atmosférico había percibido ya la desgracia inminente. Tal vez fue que se volvió más nítido el panorama abarcado por sus ojos, o bien que los sonidos llegaban más lejos que de ordinario. Pero estas cosas eran únicamente aportaciones a la compenetración de la persona con el clima o consecuencias de ella.

La predicción no es aún una profecía, pues cabe confirmarla o rebatirla con mediciones. La predicción se mueve en el interior del calendario y del tiempo mensurable; el profeta, en cambio, no se rige por fechas, sino que es él quien las instaura. Eso sucede sin que él lo quiera o incluso contra su voluntad — sucede.

14

La música no es sólo el acompañamiento sonoro de cada una de las mudanzas históricas; también capta su núcleo — lo hace en el instante mismo en que son concebidas, mucho antes de que aparezcan los dolores del parto. La música ha dejado ya a sus espaldas un largo trecho de camino cuando causa efecto en la voluntad. Ese momento tuvo que ir precedido de advertencias, de señales, que escapaban a la métrica y que se sustraían incluso al oído, ya que constituían su porción profética. Por ser «movimiento puro, liberado de los objetos», la música como tal no tiene una meta, un objetivo.

15

Donde nos encontramos los unos con los otros es en las encrucijadas. En ellas nos hemos congregado ya a menudo. En ellas cada uno de los puntos adquiere significado — tanto si se le presta atención como si no. Hacia atrás los recuerdos comunes llegan muy lejos, llegan hasta el mundo inanimado — y aún más allá. El dolor es su umbral, y el instante de felicidad, su estadio previo. Si en esos recuerdos hay un texto, entonces hasta ahora hemos leído tan sólo sus páginas borradas.

16

«El camino es más importante que la meta.» Eso no quiere decir que la meta carezca de importancia, significa tan sólo que desde ella no es posible enjuiciar el camino. Este contiene más cosas que las que han sido alcanzadas — por ejemplo, las posibles. Perdura un resto de tierra. De ahí tanto los estériles cálculos y recuentos a que se dedican los historiadores (las trasnochadas habladurías de la historia universal) como también la mirada retrospectiva que dirige la persona singular a la ocasión desaprovechada.

Si se la considera como una obra de arte, la biografía no ha menester de tales correcciones y justificaciones. En ese sentido es válida también la máxima que dice que la valoración moral resulta insuficiente. Esa valoración forma parte del *ethos* pedagógico que es propio de los poderes temporales y espirituales; y el arrepentimiento forma parte de la porción autodidáctica de la existencia. Dejando eso a un lado, la moral está sujeta a la moda; sobre ella actúan las épocas y los climas. Completa y segura es, en cambio, la absolución, pues se imparte al conjunto de la vida.

17

Cualquiera que sea el punto en el que se ponga fin al camino —mejor sería decir: en el que se lo «interrumpa»—, el camino encierra una totalidad.
En la ola está dormida una fuerza que aún no

tiene nombre. Esa fuerza adquiere articulación allí donde la ola alcanza la playa y se convierte en oleaje: allí donde tropieza con una resistencia. Las corrientes radioeléctricas se transmutan en sonidos y colores, novelas y melodías. Estas cosas son símiles, parábolas.

Las fábulas se orientan de preferencia al reino de los animales; las parábolas, a las plantas — al grano de mostaza, al loto, a la higuera, a la azucena. Tales objetos se hallan emparentados con el ser humano, más aún, son sus imágenes previas, sus modelos, en el mundo animado. En los refranes se encuentran ejemplos procedentes de lo inanimado: «Tanto va el cántaro a la fuente, que, al fin, se rompe». «La gota que no cesa de caer acaba horadando la piedra.» Estamos acercándonos al mundo de los cuentos. El niño da golpes a la mesa con la que ha tropezado.

18

Entretanto hemos llegado a una etapa del camino en la que también la física nos ofrece parábolas. Eso está relacionado con el hecho de que ella, la física, va introduciéndose en el hueco dejado por la retirada de los dioses. Puede alardear de que logra cosas que sobrepasan todo lo que en otros tiempos se tuvo por milagro. Conviene señalar desde luego que también los milagros de la Biblia son únicamente parábolas, es decir, más que puros hechos.

Que Lázaro, el individuo Lázaro, resucitase, eso es algo que carece de importancia y que hasta resulta chocante. Cosa distinta es, en cambio, que ahí se aludiese a una esperanza que atañe a todos y que esa esperanza quedase cumplida por un destino particular — pues eso nos aguijonea a dar un salto que nos alza por sobre los montes y los valles, es una mirada que perfora las paredes de la cárcel.

En esto es secundaria la cuestión de si también se produjo efectivamente la resurrección de Lázaro.

19

Poner en correlación con la mecánica o, no digamos, con la economía las grandes hazañas de la física sería no apreciarlas debidamente. Tales hazañas son más que puros hechos. Esto rige en especial para el rango prometeico del Nuevo Mundo, con sus exhibiciones, que superan el espacio y el tiempo.

En contraste con eso es preciso admitir que los artefactos empleados resultan insatisfactorios incluso en aquellos puntos donde reportan bienestar; más aún, están produciendo una angustia creciente. No pueden ofrecer lo que los dioses garantizaban. No van más allá de lo efímero y ni siquiera se lo proponen.

20

Aunque no siempre lo haga en el sitio proyectado, la peregrinación, una vez concluida, alcanza su meta. También puede quedar interrumpida; hay tiempos en que lo normal son las circunstancias imprevistas. La meta es posible siempre y en todos los puntos; el peregrino la lleva consigo, igual que lleva consigo su reloj. Si se concibe el camino como un vía crucis, entonces la cruz está presente desde el inicio.

Nadie muere antes de que quede cumplida su tarea. Casi siempre se la desconoce. Cecil Rhodes, quien fue, según Spengler, «un gigante con zapatos de charol», dijo en su lecho de muerte: *And so much to do!* [¡Y tantas cosas por hacer!]. Entonces surge esta pregunta: ¿Y dónde está hoy Rodesia?

«¿Dónde queda el saludo de los tambores y las trompetas?» (Omar, el fabricante de tiendas).

Spengler clasificó a Cecil Rhodes entre los personajes del siglo XXI. Más que una visión anticipada lanzada sobre un *Zeitgeist*, un Espíritu del Tiempo, al que le resulta insuficiente el imperialismo, eso fue una mirada retrospectiva.

21

Aunque sea muy largo el camino, como lo es, por ejemplo, el que va de Marte a la Tierra, hállase, sin embargo, lleno de acontecimientos en cada uno de sus instantes — eso cabría mostrarlo si se lo captase con una pantalla de televisión. Quedaría así cumplida una de sus posibilidades, la de la duración. Sería una posibilidad, acaso sobrevalorada, entre otras innumerables. Sólo muy pocas posibilidades han podido ser aprehendidas (cualificadas). El juicio que dice que se han perdido muchas posibilidades es un juicio pedagógico — el camino, corto o largo, ha sido recorrido, la tarea ha quedado cumplida.

22

Las señales emiten radiaciones, pero no sólo radiaciones lineales; también emiten radiaciones circulares y esféricas. Si del equipamiento de un satélite formase parte una pantalla de televisión, en otros satélites el trayecto dejado atrás se presentaría como de mayor o de menor longitud.

La recepción de las radiaciones es posible en todos los puntos del Universo — cuando emitimos una señal no sabemos qué es lo que ocurre. Lo único que cabe comprobar es el lugar y la fecha de emisión — constatar, por ejemplo, en millones de años luz, la explosión de un sol. La noticia llega a las estrellas en tiempos distintos — en unas causa estragos, otras permanecen intactas. También en nosotros es distinto el efecto según que el acontecimiento haya sido registrado en Babilonia, en la China antigua o en nuestros observatorios astronómicos de hoy.

23

Cabe fijar el inicio del camino: su longitud y su duración permanecen inciertas. Cabe acortar el camino y cabe alejar su punto final, su meta; así, cabe alejar el punto final de la vida merced al arte de la medicina. También puede imputarse eso al destino.

Un modo de ver las cosas que considere que el camino es más importante que la meta y que ésta representa uno de sus tramos posibles se verá asediado por otras preguntas — ante todo por la siguiente: ¿lleva el camino más allá de la meta o no lleva más allá de ella?

¿Se agota la ola en el oleaje o lo único que éste hace es proporcionar una suma, que desde luego resulta muy significativa? Para seguir con el ejemplo de la pantalla de televisión que transmuta las ondas en sonidos y en colores, más aún, en novelas — ¿es acaso la pantalla tan sólo un filtro que separa las cosas que se han vuelto prescindibles de aquellas que son imprescindibles? Ha acabado la travesía; se abandona el barco; atrás queda el equipaje.

24

El hecho de que Schopenhauer se ocupara detenidamente de ese problema fronterizo que es la «segunda vista» es algo que habla en favor de su falta de prejuicios y de su libertad de espíritu. Schopenhauer atribuye la segunda vista al «fatalismo transcendental» — al convencimiento, basado en la experiencia personal, de que las cosas futuras están predeterminadas.

Para Schopenhauer la historia del mundo es propiamente tan sólo la sucesión de unas determinadas constelaciones fortuitas — lo que sí es real, en cambio, es la persona singular. Sólo ella posee una relación metafísica inmediata. «De ahí que su biografía, por muy confusa que tal vez parezca, sea una totalidad coherente en sí misma, dueña de una tendencia determinada y de un sentido pedagógico, tanto como la epopeya mejor ideada.»

25

La segunda vista no es un fenómeno raro, no lo es sobre todo en tierras celtas; rastros de ella se encuentran en los novelistas irlandeses, es como un condimento propio de la casa. Seguramente resultaría fácil reducir la segunda vista a un proceso cerebral. En cuanto es una visión anticipada tiene semejanza con la profecía, aunque en ella no representa papel ninguno lo sublime. Tanto la visión anticipada como la profecía van precedidas de un estado de «ausencia», de un éxtasis o arrobamiento. Más fácil resulta emparentarla con los ataques epilépticos.

El rapto sobreviene de manera insospechada: muestra cosas secundarias, también accidentes, entierros, «incendios anticipados». A los soldados vestidos con uniformes extranjeros no se los percibe como enemigos, sino que se los ve igual que los vería un niño situado al borde del camino. Las visiones no llegan mucho más allá de algunos años, están arraigadas en la patria chica de quien las tiene; su confirmación puede presentarse ya a la mañana siguiente. Los coraceros franceses cabalgaban por tierras de Westfalia cuando Napoleón se hallaba aún estudiando en la Escuela de Guerra.

26

Diversas cuestiones se le plantean —por el momento como meras elucubraciones o juegos mentales— a quien está convencido por experiencias familiares y personales de que es posible ver en forma de «incendio anticipado» incluso los menores detalles de un fuego que no estallará hasta años más tarde.

El momento y el lugar de la percepción tienen en ese caso un aire enigmático, parecen un acertijo. Se considera esa percepción como una visión anticipada, pero también cabe concebirla asimismo, con igual razón, como una mirada retrospectiva — como la señal emitida por un acontecimiento que se halla en el porvenir. Ocurre así que, en la visión anticipada, una misma persona ocupa dos posiciones distintas tanto por el lugar como por el sentido. El camino de esa persona singular ha alcanzado una determinada meta en el presente, pero conduce también allende ese presente. Es algo que nos trae a la memoria los sueños — quien está soñando yace en la cama y al mismo tiempo asiste a un entierro en un camposanto.

Hay, de todos modos, diferencias; quien tiene la visión anticipada no se halla dormido, sino que está despierto, mirando fijamente por la ventana. Además es preciso que el entierro sea algo más que un puro sueño, pues de hecho ese entierro sucede exactamente tal como se lo vio, sólo que años más tarde.

27

Cuando una «visión» queda confirmada, al afectado lo invade el mismo nebuloso sentimiento que tendría alguien que regresara de una excursión de la que fuera incapaz de rendir cuentas. Hasta el momento en que la visión quedó confirmada pudo considerarse que fue un mero sueño — su cumplimiento permite vislumbrar que allí entraron en juego más cosas. La tijera, que al principio aparecía como una imagen, puede cortar — eso produce desazón.

Acaso lo único que el recuerdo retenía de la visión era un detalle secundario, algo así como una nota marginal en una página cuyo texto se hubiera borrado. Pero ¿qué otras cosas sucedieron? Una gran borrachera puede ir seguida de un estado de ánimo parecido a ése; el bebedor no sabe lo que hizo. De todos modos, se ha atado un nudo; el bebedor ha encontrado el camino de vuelta a su persona y a las normas por las que ésta se rige.

Es tabú beber un trago de la fuente de Mímir.

28

Lo que sí merece una reflexión es lo siguiente: ¿Qué es lo que ocurre cuando el lazo no se ata en un nudo — es decir, cuando la excursión al porvenir permanece en lo indiviso, sin regresar al presente? Cabría imaginarlo si la persona que tuvo la visión anticipada muriese antes de que se hiciera realidad lo visto por ella.

Uno de los detalles de la vivencia futura fue también la presencia en ella del vidente, su participación. Según esto, habría de ser indispensable su presencia allí, en el caso de que la visión se confirmase en el tiempo.

No son raras las ocasiones en que lo que se tiene en la visión anticipada es la vivencia del entierro de uno mismo. Cuando muere quien tuvo tal visión se produce una imbricación de las circunstancias. En otro tiempo el vidente envió su persona espiritual a un acontecimiento futuro, ahora esa persona regresa al presente físico. La participación se refuerza hasta el punto de convertirse en una presencia doble, que tal vez es la usual.

Dos entierros. El primero se hallaba en el porvenir: quien tuvo la visión anticipada participó en él estando vivo. El segundo es un entierro presente; se repite con sus detalles — uno de los cuales es también la asistencia de la persona que tuvo la visión. Esa asistencia se hace notar por un silencio más hondo. No es a él a quien afecta ahora lo inquietante, a quienes afecta es a los que se hallan allí a su alrededor. En ambas ocasiones es como si el vidente regresase de vacaciones de algún sitio.

29

La persona que tuvo la visión anticipada ha participado, pues, dos veces en su propio entierro: primero en la visión, cuando se hallaba de pie junto a la ventana, y después en la realidad. Se ha producido una imbricación de las circunstancias: la tijera de Atropo, que primero fue vista en potencia, actúa ahora *in actu* — corta. Pero a quien tuvo la visión anticipada eso ya no le hace daño.

30

Lo que hubo en la visión anticipada fue un salto en el tiempo; se envió por delante una vanguardia. Lo que en ella se ve no es, por tanto, algo futuro, sino algo presente. Así es como se llegó a la desconcertante identidad de lo visto y de su repetición en el tiempo.

Schopenhauer considera la «segunda vista» como una confirmación de su tesis de que «todo lo que sucede se efectúa con una necesidad rigurosa». Grillparzer, cuando era joven, se sentía atribulado por la «fatalidad ineluctable». La crítica ha calificado de «error pasajero» su «drama del destino» *La abuela*.

Ahora bien, dado que la «segunda vista» es una visión retrospectiva, también su necesidad es normal. Todo lo pasado es absolutamente necesario y no cabe modificarlo. Schiller:

Was man von der Minute ausgeschlagen
Gibt keine Ewigkeit zurück.

[Los minutos que rechazamos en su momento
La eternidad no los devuelve.]

31

Alguien «vio» un entierro que aún no había acontecido, pero que acontecería. Con ello el entierro adquirió un pasado. Cuando el tiempo del reloj avanza, ese pasado ya no es algo que se ve, sino algo que se vive. El tiempo da alcance a lo que en la visión había pre-cedido, había ido por delante. El hecho de que la visión y la realidad coincidan incluso en los pormenores es algo que produce tanto sorpresa como perplejidad.

Un escocés cuyo hermano había desaparecido vio su cadáver en una charca; al intentar sacarlo le llamó la atención una trucha que se movía cerca del muerto. Eso ocurría en un «sueño adivinatorio». A la mañana siguiente, cuando el escocés acudió a la charca, se repitió la misma escena: también la trucha estaba en su sitio.

Quien cuenta lo anterior es Schopenhauer, que lo sacó de una noticia aparecida en un periódico. Sería erróneo suponer que la trucha fue nadando hasta el cadáver — para confirmar la visión anticipada, por así decirlo. Antes al contrario, la trucha que se hizo presente primero en la visión y después en la realidad fue la misma. También fue el mismo el escocés que la vio — ahora en acto, como antes en potencia.

32

De una crónica familiar: Ana Determann nació el 27 de septiembre de 1812. Su hija Hermine contó lo siguiente de cuando su madre era joven:

«A la edad de doce años mi madre se encuentra en una ocasión a la puerta de casa —esto ocurría en

Ueffeln, donde era sacristán su padre— y ve marchar una comitiva fúnebre hacia el camposanto. Delante camina su padre, seguido por los chiquillos de la escuela, luego, el cadáver de un niño, y detrás, un grupo de hombres y mujeres. La comitiva no entra por la puerta del camposanto situada enfrente de su casa, por donde son llevados todos los difuntos, sino que lo hace por la puerta que se halla en el otro extremo y que está destinada a que entren por ella únicamente los feligreses que acuden a la iglesia.

»Como mi madre sabe que su padre está en la casa se lleva un susto tremendo y grita: "¡Padre, padre!". El padre sale de la habitación en que se encuentra y entonces ella le dice lo que ha visto. El padre trata de quitarle de la cabeza aquello con estas palabras: "Mira, niña, no puedes haber visto eso que dices, por la sencilla razón de que nunca se llevan los cadáveres por esa puerta".

»A los pocos días fallece el hijo de un segador de heno y la noche anterior al entierro se derrumba la puerta por la que se llevan al camposanto todos los difuntos. Es preciso llevar el cadáver del niño por la otra puerta, exactamente igual que lo había visto mi madre».

33

Hasta más tarde no se enteró la madre de que la puerta se había derrumbado a causa de una tempestad; pero eso ya había ocurrido en la visión anticipada, era un pasado que no cabía revocar.

El carácter de acertijo que tienen relatos como el citado provoca en nosotros un trastorno del equilibrio. Si consideramos el tiempo como un vehículo, como un barco por ejemplo, parece que de repente se para; eso causa una gran perturbación. Ahora es preciso hacer trasbordo. La alternancia del tiempo mensurable y el tiempo del destino produce confusión en el afectado. Resulta difícil conciliar ambos tiempos, de igual manera que no es fácil conciliar en lo grande la astronomía y la astrología, o las ciencias naturales y la teología. Y, sin embargo, eso viene siendo posible desde siempre y será posible una y otra vez.

34

Hay terrenos donde, contempladas geológicamente las cosas, se ha conservado una inquietud sísmica. Son bien conocidas como focos de terremotos las fisuras entre continentes que se separaron en tiempos prehistóricos.

Algo similar ocurre, vistas las cosas geománticamente, en las regiones donde el mito no se ha enfriado todavía, donde aún no se ha convertido en historia pasada. Si buscásemos en esas regiones con un aparato parecido a un contador Geiger se producirían en él oscilaciones especialmente intensas. Proclives a eso son los terrenos en que dominaron pueblos que desde luego han desaparecido políticamente, como los celtas, los etruscos, los aztecas, pero que aún se hallan presentes en forma de suelo natal.

Y luego, el Asia Menor — en tiempos anteriores a Alejandro Magno, anteriores incluso a Heródoto; el Líbano, con la sangre de Adonis; la vieja Persia.

35

La visión anticipada contradice a la experiencia; provoca extrañeza en el propio afectado. Este trata casi siempre de echar a un lado la visión, de rebajarla a la condición de mero sueño — pero, como dice Shakespeare, «no fue un sueño común».* Lo que allí se recibió fue una imagen que no había sido fabricada en el taller de uno mismo.

La relación de la persona singular con la sociedad se presentaría de otro modo si el don de la «segunda vista» estuviese más difundido. Antes mencionamos la diferencia que hay entre el profeta y la persona que tiene una visión anticipada; uno y otra se mueven junto a los límites del tiempo y los sobrepasan. Al compararlos es preciso tener en cuenta que los profetas han modificado la historia universal con más fuerza que los más grandes caudillos, y que todavía continúan modificándola.

---

* Palabras dichas por Oberón a Titania en el acto cuarto de *El sueño de una noche de verano*, de Shakespeare. Un comentario de E. Jünger a las mencionadas palabras puede verse también en sus diarios *Radiaciones II* (Tusquets Editores, n.º 98/2 de la colección Andanzas, Barcelona, 1992), pág. 177. *(N. del T.)*

36

La visión anticipada no abre una perspectiva global, como si se desgarrase un telón que la ocultase; más bien se asemeja a una mirada furtiva por el ojo de la cerradura. La vista es reducida; la mirada se fija casi siempre en cosas secundarias, como un tintero volcado. En esos detalles, sin embargo, es precisa y exacta. Podría pensarse en un pequeño desarreglo, provocado acaso por un tornillito que se hubiera aflojado en la complicada maquinaria de la percepción — sólo por un instante, gracias a Dios.

37

A los personajes que dejan huellas profundas en la historia se les atribuyen también leyendas; conviene prestarles atención. Las leyendas apuntan a una potencia tan alta del personaje que hasta ella no llegan ni sus obras ni sus actos, por muy grandes que sean; a esa potencia se la cree capaz de fuerzas prodigiosas. Ha de haber buenas razones para que Harún al-Rasid ingresase también en el mundo de los cuentos. La ficción literaria otorgó a un rey honores muy duraderos. El Viejo Fritz sólo necesita golpearse los pantalones para que huya el ejército imperial. Dinero llama a dinero. Eso es algo que rige también para los héroes homéricos en su conjunto.

Cosas fabulosas cuéntanse asimismo de san Antonio Abad, el padre de los eremitas — artistas como Callot y escritores como Flaubert han venido acrecentando su fama hasta tiempos recientes. La biografía dedicada a san Antonio Abad por san Atanasio, amigo y admirador suyo, permite sospechar que hubo buenas y contundentes razones para que ya sus contemporáneos le atribuyesen poderes milagrosos. Está bien documentada su visión anticipada de las cosas; a menudo predecía, días y semanas antes de que sucediera, la llegada de visitantes.

De eso es lícito inferir que san Antonio Abad se señalaba por una forma ampliamente difundida de percepción, que en él era hipersensible. Cosas parecidas las ha experimentado todo el mundo o las ha oído contar de otros. Vamos sentados en el tren y nos viene a las mientes un conocido nuestro en el que no pensábamos hacía años. A continuación lo vemos cruzar por el pasillo. También las cartas y las llamadas telefónicas van precedidas de un aura. La frecuencia con que se nota semejante aura podría averiguarse mediante encuestas — pero es justo en las zonas fronterizas donde la estadística se torna absurda.

También las «tentaciones», a las cuales va unido de modo casi indisociable el nombre de san Antonio Abad, son zonas que forman parte del mundo que todos pueden recorrer. Corresponden a la noche dedicada al opio tanto por un analfabeto como por un hombre muy leído. Al eremita no le hacía falta el opio, le bastaban el desierto y la continencia. Es cierto que a san Antonio Abad no se le ahorró el dolor, pero el tiempo tomado anticipadamente no reclamó en él su tributo, como sí lo reclama en el avejentamiento o en el delirio que vemos en los adictos a las drogas. San Antonio Abad sobrepasó los cien años y conservó en todo momento su lozanía de espíritu.

38

El tiempo tomado por anticipado en la embriaguez es un robo que se hace a los dioses. He aquí un indicio *ex negativo:* en las épocas ateístas aumentará el consumo de drogas. Se establece contacto con el Arbol de la Vida.

El hecho de que los demonios causen ciertamente dolor, pero sean vencidos, es una parábola de que en sí carecen de poder.

Quedan desenmascarados como fantasmas. Un paso más en el reino de la tijera que no corta, y los demonios, más que dar miedo, suscitan curiosidad. Se convierten en fantasmas hogareños y son un ornato de la chimenea de la casa.

39

San Antonio Abad se señaló por su capacidad de hacer frente al terror; eso es algo que se infiere tanto del conjunto de su *Vita* como de los detalles que en ella se cuentan. Un ejemplo lo tenemos en su manera de confortar a Dídimo el Ciego, varón al que admiraba y con el que se encontró en Alejandría. San Antonio Abad le preguntó si lamentaba la pérdida de la vista, cosa que Dídimo no negó. San Antonio lo consoló diciendo que, en comparación con los ojos espirituales, que nos permiten ver incluso a los ángeles, carecía de toda importancia una cosa que el ser humano comparte con los mosquitos y las hormigas.

Sócrates habría dicho eso de otro modo, y también nosotros, doscientos años después de Kant, habríamos encontrado otras palabras para expresarlo. Pero esto no afecta a la cosa; hay una luz para los ciegos — aparte de que a ellos la música los ilumina con más fuerza que antes. Es algo que irrumpe en la vida diaria — de ciertos ciegos operados se cuenta que hicieron una descripción del médico, al que nunca antes habían visto ni conocido. Por cierto que san Antonio Abad declinó ocuparse, como le habían recomendado, del Sócrates «iluminado por el *logos*» — *su* libro, dijo, era el libro de la Naturaleza.

Dídimo se había quedado ciego a corta edad; en Alejandría, donde no escaseaban los grandes espíritus, se lo tenía por «universalmente famoso» y por uno de los primeros sabios de su tiempo. El hecho de que admitiese la preexistencia de las almas y rechazase la eternidad de las penas del infierno es algo que resulta especialmente reconfortante. Justo por ello los concilios posteriores reprobaron su doctrina y no le otorgaron un puesto entre los Padres de la Iglesia. También en eso siguió Dídimo a Orígenes, su modelo.

40

Pocas eran las cosas que sucedían en la Tebaida, pero en ella hubo más acontecimientos importantes que en Alejandría y que en Bizancio, ciudad esta última que en aquel siglo cambió su nombre por el de Constantinopla, la actual Estambul. San Atanasio conocía bien las razones por las que pidió auxilio a san Antonio Abad en la disputa con los arrianos e hizo que abandonase el desierto y acudiese a Alejandría.

En aquella disputa no se trataba de cosas y ni siquiera de pensamientos; lo que estaba en juego era el contacto directo con la sustancia. En un mundo en el que la tijera no corta todavía, pero está ya abierta para cortar, lo que se ofrece no son imágenes, sino apariciones. En el desierto el espacio y el tiempo están aún más cerca del origen que en los propios bosques — la patria del vidente es el desierto, la del hombre de acción, el bosque.

San Antonio Abad regresó pronto a la Tebaida. Esta se hallaba para él más llena de acontecimientos que Alejandría. Acaso también fuera una de sus tentaciones la llamada que se le hizo a acudir a aquella ciudad. El hecho de que san Antonio siguiera esa llamada representa una reverencia hecha al Tiempo.

41

A este respecto, tres antítesis; en ellas la tijera se acerca, por un lado, a su función, y por otro, a su pura potencia:

>pronóstico / profecía
>televisión / telepatía
>recuerdo / salto en el tiempo

El *pronóstico* es un juicio sobre determinados procesos dado con anticipación; se apoya en los hechos. «Donde de modo más seguro se conoce al médico experimentado y prudente es en el pronóstico.» Eso mismo rige también para la vida familiar y para los oficios, tanto en el día a día como a lo largo de grandes espacios de tiempo.

La *profecía* se apoya no tanto en los hechos cuanto en la inspiración y en las apariciones. No es fácil someter a prueba ninguna de esas dos cosas, pero provocan mudanzas enormes tanto en la vida de la persona singular como en el desarrollo del Estado y de la sociedad. Podría pensarse, a propósito de ellas, en un elemento que sólo raras veces utilizase todas sus fuerzas para modificar el tiempo, pero cuyas huellas les resultasen indispensables así a los caracteres como a los programas. De lo contrario la historia discurriría como la maquinaria de un reloj. *Savoir pour prévoir* (Comte).

La *televisión*, que es la superación óptica de las distancias, ha hecho desde la invención del telescopio unos progresos casi ilimitados. Podemos englobar en la televisión también la audición — por ejemplo, si hablamos por teléfono con alguien que aparece en la pantalla. La presencia de quien está lejos se hace así muy potente. Pero esa presencia adquiere una intensidad aún mayor cuando la persona con quien hablamos está muerta. Podríamos sostener con ella una conversación preparada *ad hoc* — mediante los pensamientos de consolación de Boecio, por ejemplo.

Uno de nuestros mundos «posibles» es el de la

magia. En él se correría el riesgo de cosas definitivas. Uno de los accesos a semejante mundo es el que pasa por los medios psicógenos; también en eso están planificándose prótesis. Antiquísimo es el camino que pasa por los fármacos.

La *telepatía* es la percepción inmediata, salvando cualesquiera distancias, de acontecimientos y de personas. Ecos de ella se encuentran en el caso tan conocido de los matrimonios que en el momento de sentarse a desayunar tienen inesperadamente el mismo pensamiento, o también en las notificaciones de fallecimientos, cosa de la cual se habla mucho. La madre del marinero se despierta en el preciso instante en que su hijo está ahogándose en la otra punta del planeta. Según parece, el don de la telepatía estaba mucho más difundido antes que hoy. De ella se ha hecho uso aún en nuestros días para conseguir una orientación inmediata — así se la utilizaba en la India durante el período colonial y así se la ha utilizado en los viajes bajo la capa de hielo de los polos.

En el *salto en el tiempo* la percepción brinca por encima de determinados sectores del tiempo mensurable. Hay que distinguir, pues, el salto en el tiempo de la profecía, pues el profeta ve, sin moverse, cosas futuras, mientras que en la visión anticipada, por el contrario, quien tiene la percepción se mueve en las cosas futuras; participa en ellas.

De ahí que, cuando el profeta habla de su visión, haya que contar con esos errores que son característicos de las grandes distancias. Parecido en eso al astrólogo, el profeta resulta mucho más fiable en las grandes sucesiones de hechos que en los detalles. Le sienta mejor el clima de los siglos que el de las salas de estar.

Ineluctables e inalterables son, en cambio, como lo es todo lo que ya ha sucedido, las cosas que alguien cuenta desde la visión anticipada tenida en el salto en el tiempo; son *recuerdos*. Casi no se perciben los grandes acontecimientos, o lo único que se percibe son detalles y cosas secundarias de ellos — no se percibe la guerra, sino los cascos de los coraceros que pasan cabalgando junto a la casa de labranza. Medio admirado, medio aterrorizado, el niño los sigue con sus ojos. Se derrumbó la puerta del camposanto — pero la causa de ello no fue una tempestad del porvenir, sino una ya pasada. También es un detalle secundario la trucha que nada por encima del pecho del hermano ahogado, como lo es el poco esmero del enterrador durante su propio entierro. Estas cosas son calderilla para la *entrée*.

Todas las cosas percibidas por adelantado en la visión anticipada se presentan — pero no por causa de la necesidad rigurosa del destino, como suponía el propio Schopenhauer, sino por la sencilla razón de que ya han sucedido.

Ninguna modificación cabe hacer en las cosas pasadas, pero sí en las futuras. De ahí que el ministerio de profeta sea un ministerio no sólo mántico, sino a la vez pedagógico. El oráculo no deja de ser ambiguo.

42

La percepción telepática de la persona de uno mismo es poco habitual, pero no constituye una rareza. El afectado prefiere callar esa visión, igual que prefiere no hablar de las miradas que ha echado a lo numinoso — «propiamente no deberían pasar esas cosas». Sólo con precauciones se atreve también el autor de este libro a adelantarse hacia esos lugares. En eso interviene seguramente el miedo a cometer una profanación.

En el encuentro consigo misma la persona se ve únicamente desde cierta distancia y sólo por un momento. De ahí que falte la acción; eso es lo que diferencia a esta visión de la «segunda vista». Cuando Ana Karenina prevé de manera más o menos clara las circunstancias de su propia muerte, tal cosa es más bien un atisbo profético — en el instante de la aniquilación ese atisbo se hace realidad mediante el encuentro de Ana consigo misma.

Aquí Tolstói se adentra hasta el límite del tiempo, más aún, mira por encima de ese límite, como lo hace también en su relato *La muerte de Iván Ilich*. Hacia finales del siglo pasado los monasterios ortodoxos entregaron todavía a la literatura rusa un regalo de despedida para los años venideros — — — como provisiones para un trayecto en que reinaría la sed.

Hay etapas en que la literatura desempeña una misión vicaria. Cuanto menos se entregue a esa misión el autor de una obra, tanto mejor para él y para la obra. De lo contrario se convierte en una especie de predicador temporero.

43

El encuentro de alguien consigo mismo tiene varios niveles; cuando el silencio es muy grande puede la persona llegar a diluirse en la fruición de sí. La frase recién escrita es de Wieland; alude a ese estado de ánimo en el que uno se olvida «de sí mismo y del mundo», como dice la canción. El «sí mismo» se aleja, después regresa y torna a hallarse — vuelve en sí: la imagen penetra en el interior de su reflejo en el espejo.

Cuando se corre un peligro mortal la separación es abrupta, como si se rompiera una cinta cinematográfica.* La persona singular se ve a sí misma desde lejos, se ve tumbada en una mesa de operaciones o implicada en un accidente automovilístico. Si eso fuera un sueño, la persona se asustaría, pero en este caso permanece ilesa, igual que un fotógrafo cuando hace una toma. La tijera ya no corta.

Si alguien pasa junto a un espejo al poco rato de que la muerte lo haya rozado notará que la imagen suya allí reflejada es más fuerte que él mismo. La fosforescencia de la transcendencia produce un desarreglo en la percepción. También la tierra parece oscilar cuando el pie se posa en el suelo tras una travesía marítima agitada.

---

* En *Radiaciones II*, edición citada, pág. 546, puede leerse una descripción más detallada de ese fenómeno, experimentado por el propio E. Jünger en una ocasión en que corrió peligro de muerte. *(N. del T.)*

44

Hay una claridad difusa, que no deja ver bien las cosas. La luz no debe llegar a ser demasiado intensa. En el campo que rodea a la muerte se infiltra también el silencio; se torna más profundo, llega a no tener fondo. Dostoievski habla del «silencio muerto» del espacio nocturno en que el príncipe y Rogoshin permanecen junto a la asesinada Nastasia. El príncipe se asusta cuando empieza a zumbar una mosca. El corazón se le escapa del pecho.

El tiempo se vuelve abisal, como si se detuviera en plena carrera — produce oleaje. El trajín queda congelado. En *Muerte en el metro*, relato de Thomas Wolfe, el espanto es visto con lupa. Leí esa narración entre la primera y la segunda guerra mundial. En favor de su gran expresividad habla el hecho de que se me haya conservado con tanta nitidez en la memoria. Son momentos bienaventurados del lector, que le permiten no perder la esperanza en la literatura — hallazgos de un trébol de cuatro hojas entre los papelorios viejos y las latas de conserva de un vertedero.

45

Volvamos a san Antonio Abad. A su visión anticipada es a la que hay que atribuir su capacidad de predecir tanto la llegada de peregrinos al sitio donde él residía como el asunto que allí los llevaba; tal visión anticipada se halla documentada también en contextos más vastos. En cambio fue de manera telepática como percibió la transcendencia de moribundos y como fueron atendidas personas que sufrían. Un capítulo de la telepatía es la curación a distancia. La ascética posee un valor sobrepersonal.

San Atanasio cuenta, en la vida que escribió de san Antonio Abad, que en una ocasión en que se hallaba el eremita en su montaña, vio a dos hermanos que acudían a él desde Egipto. Por el camino se les había acabado el agua; uno de ellos padecía grandes tormentos, mientras el otro luchaba con la muerte. A dos monjes que se hallaban cerca de él en aquel momento los mandó correr montaña abajo con un cántaro de agua, pues acaso no fuera aún demasiado tarde para llevarles socorro. Cuando los dos monjes llegaron al lugar donde estaban los dos hermanos, encontraron que el uno era ya cadáver y el otro estaba agonizando. Enterraron al primero, y al segundo, tras haberlo reanimado, lo llevaron adonde se hallaba san Antonio Abad.

Este relato es digno de mención también porque san Atanasio asocia con él la siguiente consideración: tal vez alguien podría reprocharle a san Antonio Abad el «no haber dicho aquello antes». Hay en eso una confusión, pues en este caso no se trataba de una profecía, sino de una participación telepática.

San Atanasio dice a este respecto que es cierto que san Antonio Abad había tenido una revelación, pero que no era de su incumbencia el decretar la muerte.

46

La distancia que había desde la montaña donde moraba san Antonio Abad hasta el sitio donde estaban muriéndose de sed aquellos dos hombres era de una jornada de camino — así lo dice san Atanasio. De todos modos la distancia no desempeña ningún papel en la participación telepática, que sucede con la celeridad del rayo y tal vez es incluso simultánea a los hechos. En el primer caso podría equiparársela al salto en el tiempo, pero estas medidas sólo sirven de comparación.

San Antonio Abad tuvo una noción del salto en el tiempo: lo atribuía a dotes demoniacas. Según él unos seres que poseyeran «cuerpos más sutiles» que los de los hombres podrían anticiparse al tiempo. Pero, agregaba, eso no constituía ningún prodigio; en el fondo también un jinete cualquiera podía anunciar cosas lejanas, puesto que con su caballo había llegado hasta ellas antes que quien hiciera el viaje a pie.

Estas frases y otras similares van dirigidas ante todo contra los «oráculos» de los paganos; el hecho de que los oráculos acertasen lo explicaba san Antonio Abad por el concurso de los malos espíritus. Aquello lo dejaba, no obstante, perplejo, aunque se preguntaba qué utilidad podía tener el saber con algunos días de antelación las cosas que acabarían pasando.

«De hecho ninguno de nosotros será condenado por ignorar tal o cual cosa ni alcanzará la bienaventuranza por haberla conocido», dice el santo. Aunque él mismo dispone de dotes proféticas, no las considera algo especial. También pueden conseguirse, como beneficio adicional para el eremita, por vía natural — mediante el ascetismo, la meditación y la oración. Cuando los hechos pierden importancia disminuye asimismo el valor de las predicciones.

En este espíritu, al que se le atribuyen tantas cosas fantásticas, causa asombro también su sobriedad. Son dos cosas que no se excluyen y que hasta se condicionan. A quien se le aparecen esas mesas cubiertas de exquisitos manjares que fueron descritas por Flaubert es al hambriento.

San Antonio Abad mandó que lo enterrasen en un lugar secreto; no quería que el sitio fuera conocido, pues preveía peregrinaciones. Sabía bien cuál era su rango.

47

Las migraciones periódicas, a través de mares y continentes, de ciertos animales constituyen un problema para los zoólogos. ¿Cómo encuentran las aves migratorias el camino de vuelta a sus lugares de cría, cómo hallan los peces la vía de retorno a sus sitios de desove? Para el salmón real del océano Pacífico eso representa un viaje de varios miles de millas. Para explicarlo se recurre al Sol, o a la Luna, o a las estrellas, también a las corrientes marinas y a la salinidad del agua del mar; actualmente (1988) la investigación se inclina por la teoría del «olfato». Una palabra más atinada sería «paladar», en el sentido en que usan ese término las gentes de Suabia. Según la citada teoría los salmones siguen ciertos olores, cuyo conocimiento está almacenado en su masa hereditaria.

Los problemas se reducen, pues, a los recursos para la navegación y para el transporte. También aquí surgen, de todos modos, sorpresas. Así, parece ser que los salmones tienen en cuenta los cambios de corrientes lejanas y que en razón de ellas modifican sus rutas. Lo mismo ocurre con otros obstáculos, debidos, por ejemplo, a desprendimientos de tierras, lo cual significa —lo dice Cornelius Groot, uno de los máximos expertos en estos asuntos— «que ya en pleno Pacífico han de saber qué los aguarda».

Alfred Brehm escribió todavía en su libro *La vida animal:* «No sabemos qué es lo que hacen en el mar los salmones, aunque se los ha observado con todo cuidado precisamente a ellos, que son los peces más valiosos de todos los de agua dulce». Entretanto se han refinado enormemente los medios de que disponen los biólogos. Es posible colocar en la boca de un salmón una emisora diminuta y es posible determinar por el quimismo de sus escamas el lugar de donde procede. Sin embargo, para decirlo con palabras de Goethe, ¿es que esos resultados van más allá de los que podrían obtenerse con palancas y tornillos?

Dado lo inestable de estas teorías, sin duda estará permitido suponer que lo que aquí acontece es un salto en el tiempo — un adelantamiento hacia el futuro, adelantamiento al que da alas la añoranza y que encuentra infaliblemente la vía de retorno al origen.

En este marco cabe concebir el magnetismo como una forma de *eros*. Hay ocasiones en que se hace visible y actúa de guía, como ocurre en la aguja magnética. Es una confortación que llega de la materia. Así se explica el gran éxito que tuvo el «fluido» de Mesmer.

Mesmer fue más bien un profeta que un médico; tocó un anhelo más hondo que el de lograr la curación.

48

Los órganos de nuestro cuerpo prestan sus servicios anónimamente. Pocas son las veces que los notamos y menos aún las que pensamos en ellos. El propio corazón, que es el motor de la circulación sanguínea, «palpita» sólo cuando realiza tareas poco habituales. Lo dicho rige para el caso de la salud perfecta; cuando ésta se deteriora las cosas cambian. Entonces contamos cada paso y anotamos cada latido. La tijera comienza a cortar; el corazón pasa a tener su significado físico.

Hay órganos de cuyos nombres no nos enteramos hasta que no enfermamos de ellos. Y así, también la visión anticipada podría ser el síntoma de una enfermedad muy rara. Un órgano que todos poseemos comienza a dar señales de vida en un extraño caso particular. Tal vez en la Antigüedad estuvo más desarrollado ese órgano, y también lo está hoy en determinadas circunstancias. Podría pertenecer a aquella porción del equipo que, como ocurre en las travesías marítimas, brinda su auxilio tan sólo cuando ha ocurrido un accidente; pero entonces ejerce una acción salvadora.

49

Solemos hacer una distinción entre lo visible, lo invisible y lo que no está presente. Es una distinción tosca — pues la mera cuestión de cuál es el rango de lo que no está presente conduce a especulaciones tan inacabables como la disputa nominalista.

Lo invisible está presente — de ahí que podamos hacerlo visible mediante las artes de la medición. Es lo que ocurre con el «hueso vivo» después del invento de Röntgen, o lo que ocurre con la molécula gracias al microscopio electrónico. Desde siempre se ha tenido lo invisible por la etapa previa de la transcendencia. Nos asustamos de una sombra en el follaje y no vemos la serpiente ante nuestros pies. Pero la habíamos atisbado en la sombra.

50

Es posible hacer visible lo invisible; las cosas que no están presentes podemos acercarlas a la razón mediante parábolas, y a la intuición, mediante símbolos. Semejante facultad, que se mueve junto a los límites de la Naturaleza y aun los sobrepasa, nos diferencia de los animales. El problema es si esa facultad resulta necesaria dentro de esos límites y si no es, contemplada desde la perspectiva divina, una petulancia.

El animal puede establecer asociaciones — a menudo, cuando se trata de necesidades vitales, mejor que nosotros. Si en la cocina de mi casa toco un plato, aunque sea levemente, mis gatos se ponen a maullar; lo hacen medio en son de queja medio en son de exigencia — ese sonido ha sido para ellos la obertura de la hora de comer.

El gato establece asociaciones; en el caso citado lo hace relacionando el sonido del plato con un trozo de atún. Son dos cosas visibles y palpables. Pero el gato no va más allá de lo que está presente. Ni de lejos se le ocurriría poner en relación de manera general el plato con una dádiva — verlo, por ejemplo, como un altar, que es como aparece también en la mano que se extiende hacia el pan de cada día o en el plato para las ofrendas del mendigo. El gato se da cuenta del significado del plato, pero no de su sentido. Menos aún se le ocurriría cavilar sobre si existen platos en absoluto. El gato no tiene religión.

51

Aquí parece obligado poner una nota, que concierne no tanto a lo dicho cuanto al modo de decirlo, a la expresión. El gato es incapaz de plantear el problema de la existencia, pero posee existencia — y, con ella, más que religión. Los antiguos eran conscientes de esa distinción; de ahí que los animales pudieran llegar a dioses — y nosotros, sólo a semidioses. Ni siquiera Heracles llegó a más.

Qué diferente es en este punto Descartes. Como para él son idénticos el pensar y el ser, los animales carecen de auténtica existencia. En correspondencia con eso está su funesta opinión de que los animales son máquinas vivientes. Lamettrie fue coherente al traspasar esa valoración a nosotros y por tanto también a Descartes.

52

Es cierto que las obras de Lamettrie han quedado entretanto cubiertas de polvo, pero ese autor continúa siendo, no obstante, uno de los Santos Padres de la Edad Moderna — en especial de su medicina y, por tanto, también de la cirujía, una especialidad que los médicos antiguos dejaban en manos de los barberos y quirurgos. En Inglaterra se ha mantenido casi hasta nuestros días la distinción entre *surgeons* y *physicians*.

La infravaloración padecida por los médicos que curaban las heridas, los cirujanos, ha dado en el intervalo un vuelco; hoy es la cirujía la rama que, dentro de la medicina, goza indiscutiblemente del máximo prestigio. Dos grandes hechos han contribuido a ello — en primer lugar, el empleo del cloroformo y de un variado surtido de otros anestésicos, rama que ha ido desarrollándose hasta convertirse en una especialidad médica, y, en segundo lugar, la posibilidad de hacer trasplantes de órganos, un *puzzle* de posibilidades casi ilimitadas, cuyos avances son saludados con euforia.

Lamettrie fue médico militar y en las batallas y asedios tuvo trabajo en los hospitales de sangre. La observación de que «la fuerza espiritual que llamamos alma desaparece con el cuerpo» lo indujo a redactar una *Historia natural del alma*, obra que fue arrojada a la hoguera, como casi todas las que escribió. Eso no fue óbice a su difusión, pues el mencionado escrito abordó con mucha fuerza una cuestión que ocupa y acosa día y noche a todos y cada uno de los seres humanos: qué es lo que queda del hombre una vez que le ha llegado la hora de la muerte. ¿Desaparecemos realmente o sólo nos esfumamos, nos desvanecemos? ¿Adónde conduce el viaje, y con qué equipaje? ¿Nos está permitido llevarnos el cerebro o es preciso hacer entrega de él?

Lamettrie dio una contestación a esa pregunta; hizo *tabula rasa*. Tal hazaña fue acogida con calurosos aplausos; lectores de Lamettrie fueron, entre otros, Federico el Grande y el marqués de Sade. Es comprensible el alivio; aquí parecía darse una liberación del poder de los padres y de la Iglesia, poder que en el Barroco había vuelto a consolidarse.

De todos modos parece que los volterianos, más que quitar de encima de la mesa el problema del «de dónde y adónde», lo que hicieron fue esconderlo debajo de la alfombra. Pues esa cuestión sigue vigente. Lo que en ella llama la atención es la facilidad con que hace que los ánimos se acaloren. Eso es algo que, desde luego, resulta inevitable en aquellas discusiones en las que, además de los motivos racionales, intervienen otras cosas — por ejemplo, la inspiración.

53

Las extraordinarias mudanzas que nos ha traído el siglo XX se basan en la labor previa, espiritual y mecánica, de catedráticos de universidad y de técnicos del siglo pasado — catedráticos de universidad como Röntgen, técnicos como Lilienthal. En los últimos decenios de ese siglo, a partir de 1880, fueron acumulándose realizaciones de largo alcance. Es algo que apunta a una creciente presión expansiva y aun a tempestades. Están anunciándose sorpresas nuevas para el siglo XXI, al que Nietzsche consideraba su patria espiritual.

Tal como veía Nietzsche las cosas, a partir del Renacimiento la moral había ido quedándose retrasada con respecto al desarrollo de los procesos; se imponía una transvaloración. Hoy más bien parece que habría que frenar el desarrollo — el único problema es si eso resulta posible en un momento en que las ruedas están llegando al rojo vivo.

Hay de todas maneras una serie de tabúes que están siendo impuestos a la investigación — y esta vez no sólo por la Iglesia, sino también por la consciencia general y por los jueces. Una de las secuelas de eso es que está emergiendo un nuevo alquimismo. Quién sabe qué cosas estarán hoy cociéndose y experimentándose en los sótanos y en los desvanes, en las selvas vírgenes y también en las investigaciones que se realizan en los laboratorios públicos. Cabe presumir que en todos esos lugares se ha llegado ya más lejos de lo que nos atrevemos a sospechar.

54

Recuerdo que hace algunos años leí la noticia de que se había conseguido implantar a un perro una cabeza nueva; la noticia procedía de Rusia y ese experimento fue saludado como una hazaña pionera. De hecho los experimentos con animales preceden a los riesgos corridos por seres humanos; también el primer cosmonauta fue un perro equipado con instrumentos.

En lo que respecta a los trasplantes el cuerpo humano se asemeja a una fortaleza que estuviera siendo conquistada trozo a trozo. No cabe duda de que también el cerebro está siendo atacado — si se tuviera éxito en ese punto habría sido ocupada la ciudadela.

El mero pensar en semejante cosa suscita ya problemas de alcance general. ¿Puede seguir hablándose de trasplante en ese caso? En él el cuerpo sería más bien lo secundario; sería un apéndice.

Y ahora hablemos de la persona. A los empleados de las oficinas del registro civil los llenaría de perplejidad una obra maestra de la medicina como sería un trasplante de cerebro. Por un lado habría que inscribir al donante en la lista de los fallecidos — por otro lado es propiamente él, el donante, el que continúa viviendo, el superviviente. También conserva sus recuerdos; y no todos son agradables. Así, cada vez que cambie el tiempo, su cerebro volverá a sentir los dolores de un miembro que le fue amputado — ahora bien, ¿qué es lo que tiene que ver el receptor con la pierna que un disparo le arrancó al donante? Uno no se atreve a extender estas consideraciones al ámbito moral; por ejemplo, a un crimen que el antecesor hubiera callado. También podría estar viva su esposa. En cuanto novela sería algo que sobrepasaría a *El extraño caso del doctor Jekyll y Mister Hyde* (1886), de Stevenson.

Ya en la Antigüedad se dejaron oír voces que lamentaban que fuera posible legar bienes materiales a los deudos supervivientes, pero no pudiera hacerse eso mismo con el saber adquirido. Eso cambiaría si también pudieran heredarse los cerebros. Semejante avance encajaría bien en el marco de la edad de Acuario, de la que cabe aguardar una elevación del nivel medio espiritual. Sobre estas cosas podría especularse en un clima en el que las utopías no sólo van quedando cumplidas, sino también rebasadas.

55

Si se tiene la suerte, o mejor dicho: si consigue realizarse la hazaña de implantar a un perro una nueva cabeza — ¿por qué no ponerle una cabeza por entero diferente, la de un gato, por ejemplo, o la de un cocodrilo? Habría que invocar entonces parentescos más profundos; a eso no llega la cirujía. Es algo que se remontaría hasta Dafne, quien, transformada en árbol, echó raíces.

Al parecer todo es posible; pero ¿qué es lo lícito? Aún no se ha emitido un juicio válido acerca de esa cuestión en los lugares donde habitan los pensadores, en los «pensaderos». La situación que reina en ellos se asemeja a la situación de san Antonio Abad en la Tebaida: las apariciones van acosando cada vez más, se tornan palpables.

El cuerpo es divisible; no lo es, en cambio, el individuo al que el cuerpo sirve de vestido. Esto toca uno de los motivos por los que los médicos antiguos declinaban tratar con la lanceta a los pacientes. Un eco de eso se ha conservado en la relación del internista con el cirujano. El individuo es único e invulnerable; el fuego no puede causarle ningún daño.

El experimento con el perro no cabe considerarlo ni como una creación ni como una procreación — lo que ahí surge es una quimera, un monstruo fabuloso, mientras que lo que subsiste allí donde la tijera no corta son dos perros intactos.

56

La quimera es un fenómeno del mundo de los titanes. Aparece en sus zonas inferiores, especialmente en el mundo de los gigantes. Entre titanes y gigantes se da un estrecho parentesco; ambos tienen un origen terrenal. Los gigantes nacieron de la sangre que cayó a la Tierra del miembro mutilado de Urano; proceden, pues, del primer parricidio. Los gigantes son mortales, mientras que los titanes, regentes de unas fuerzas naturales mayores, son inmortales. Los unos y los otros son enemigos de los dioses y los atacan; pero su triunfo es efímero.

Cabría considerar a los gigantes como unos sirvientes que de vez en cuando se adelantan con impertinencia. En ellos lo grande pierde sus proporciones espirituales; en parte se torna monstruoso, y en parte, extravagante.

El hundimiento del *Titanic* * fue el *mane, thecel, phares* de nuestro tiempo, la señal de su fin próximo y desastroso. A los habitantes del Olimpo les resultan ajenos los récords — y también a sus juegos, a diferencia de lo que ocurre en los nuestros.

57

Un reproche que se hace corrientemente es éste: «A ti habría que ponerte otra cabeza». Eso introduciría, pues, una modificación no tanto en la persona cuanto en su potencia. Antaño se consideraba que el corazón era el auténtico centro y por ello se pensaba que el carácter era superior al intelecto.

Si fuera posible trasplantar la cabeza — ¿por qué no, entonces, una cabeza femenina a un cuerpo masculino, y a la inversa? Es probable que en este caso el rechazo fuera menor que el que se da entre los diversos grupos sanguíneos.

También con respecto a este problema, como con respecto a casi todos, encontramos buenas sugerencias en Goethe, que no se refieren tanto a las ideas cuanto a la sustancia; las primeras son simples tallos que brotan de la segunda. Eso es lo que separa

---

* Sobre el hundimiento del *Titanic* puede verse también, de E. Jünger, su obra *La emboscadura* (Tusquets Editores, n.º 1 de la colección Ensayo, Barcelona, 1988), pág. 63. *(N. del T.)*

a Goethe no sólo de Schiller y de los románticos, sino también de la ciencia.

La poesía central de su *Paria-Trilogie* [Trilogía paria] narra cómo, en un lugar donde se efectúan ejecuciones de mujeres, se le implanta al cuerpo de una criminal, por un error funesto, la cabeza de la esposa de un brahmán — de ese error no brota, sin embargo, una quimera, un monstruo, sino una diosa.

58

El espíritu ha llegado hasta el estrato situado directamente encima del origen y ahora está palpando el origen. El hecho de que sus sondeos atañan a la vez a lo orgánico y a lo inorgánico es indicio de la unidad de ambos. Leibniz recobra actualidad. Lo desazonante de las transiciones se manifiesta en la aparición de personajes que se habían vuelto ajenos a la consciencia histórica, ante todo a la del siglo pasado — alquimistas, inquisidores, bellacos cainitas.

Las quimeras son productos marginales de la metamorfosis, personajes secundarios como los que aparecen en Carnaval. Pero aquí no están excluidos los aciertos — formaciones que emergen del mar del error. Son muchas las cosas que suceden así, «de pasada»; también los alquimistas lograron ciertos éxitos e hicieron hallazgos casuales que han sobrevivido a sus sueños.

Ya los cazadores primitivos supieron que existían grandes parentescos. Las imágenes dotadas de credibilidad, como los centauros, las esfinges, los dioses con cabezas de animales, se mantuvieron a través de los milenios. Mérito de los surrealistas es haber puesto a la intuición sobre la pista de esas cosas.

59

Lo invisible es, claro está, aquello que no puede verse, aunque su existencia es palpable. En este sentido también el gato percibe lo invisible — percibe, por ejemplo, al ratón que está royendo algo debajo de la madera del piso, tanto si abandona su agujero como si no. También cuando yo araño un trozo de madera se despierta en el interior del gato una expectativa, una esperanza — el gato se pone rígido, como dispuesto al ataque, se prepara para dar el salto.

Ha sido víctima de una ilusión: en vez de un ratón invisible se le ha fingido un ratón inexistente. De esa ilusión engañosa es de lo que viven los pajareros, los tramperos, los pescadores de caña, en un mundo donde todos se mueven tanto como cazadores cuanto como piezas de caza.

El hipnotizador da un paso más, pues hace presentes de manera visible ilusiones. Nos lleva al sitio donde apenas cabe ya diferenciar aquello que es visible de aquello que parece serlo. Para referirnos a eso tenemos una expresión fronteriza: «lo que es al parecer».

60

En este punto no carece de importancia la anotación que sigue: también el gato que nunca ha visto un ratón experimenta dentro de sí una sacudida cuando percibe los arañazos que alguien efectúa en un trozo de madera. Un gato podría vivir bien alimentado en la cocina de una casa sin salir nunca de ella; con todo, hasta el fin de sus días reaccionaría a ese sonido. Le parecería el anuncio de una promesa — y le resultaría tal vez más grato que el producido por un ratón de verdad. Se prestaría así más atención al ratón inexistente que al existente.

61

Es preciso hacer una distinción entre «lo aparente» y «lo que es al parecer», aunque entre esas dos expresiones se dan transiciones. «Lo que es al parecer» designa una percepción racional; lo «aparente», una percepción sensible. Lo primero es una constatación; lo segundo, una sospecha. Copérnico demostró que la Tierra gira alrededor del Sol, cosa que, desde luego, contradice a lo que al parecer ocurre.

Van andando por la calle tres personas y ven pasar dando tumbos a una cuarta. Una de ellas dice: «Ese hombre está borracho»; la segunda lo tiene sólo por «al parecer» borracho, pues también es posible que se encuentre enfermo y necesite ayuda. La tercera, un médico, reconoce en aquel hombre a uno de sus pacientes, que tiene buenas razones para simular un trastorno del equilibrio; sólo aparentemente está enfermo o borracho. Pero el médico se guarda para sí lo que sabe.

62

Se puede hacer visibles las cosas invisibles que están dormitando ahí en el Universo; así, las venas de oro que se esconden en una mina de Australia, el pez primitivo que yace en el fondo de los mares, el volcán que hay en uno de los satélites de Urano. Las reservas son inagotables, no hacemos otra cosa que arañar por encima su superficie. En las armas de que están provistos los animales y las plantas la Naturaleza nos brinda ejemplos de aprovechamiento de la sobreabundancia y también pautas para tratar con ella. La mejor doctrina a este respecto es la que se encuentra en las fábulas.

Desde siempre viene considerándose que las montañas son lugares donde hay tesoros, lugares que ocultan riquezas palpables y que brindan un poder de largo alcance. También se sospecha que en las cuevas, grutas y minas de las montañas suceden cosas que no dependen del tiempo mensurable y son superiores a él. Se descubre una dimensión nueva. Es lo que hace Elis Fröbom en *Las minas de Falun*, de E.Th.A. Hoffmann. Elis, un marinero que ha recorrido las Indias Orientales, únicamente ha conocido hasta ese momento la superficie — pero ahora lo inunda una melancolía honda, como si notara en sí una carencia. Mientras se halla cavilando sobre cómo encontrar una salida a su situación acércase a él el Espíritu de la Montaña y le indica una profundidad en la cual, «con un débil resplandor de la luz de los pozos, los ojos del ser humano ven más claro». Más aún, al resplandor de las rocas Elis divisa incluso el reflejo de las cosas que están ocultas encima de las nubes. Así comenzó la vida minera de aquel navegante y su peregrinación por los pozos. «Las rocas cobraban vida de repente, los fósiles se movían..., los cristales de roca brillaban y centelleaban.»

De las cuevas dice la gente, con mayor o menor convencimiento, que en ellas hay cosas ocultas, más aún, cosas encantadas; en las cuevas habitan los enanos, que son herreros y guardianes de tesoros. Hay faldas de ciertos montes en las cuales esas cosas entran en el campo de la «visión», bien que no en el de la vista. El viejo Barbarroja duerme en Kyffhausen, y doña Venus lo hace en Hörselberg, cuya entrada es vigilada por el fiel Eckart. Quien actúa en tales asuntos es el genio del pueblo y es de él de quien viven los poetas.

63

Las cosas geniales no se inventan; son consecuencia de una inspiración. El niño es genial por naturaleza — al recordar el origen. Este es algo que se pierde no sólo con el paso del tiempo, sino también por causa del tiempo.

Genial es la observación de que la barba de Barbarroja, al crecer, atraviesa la mesa a que está sentado. Eso ocurre mientras el emperador se halla entregado a sus sueños. Cuando la barba toca el suelo

Barbarroja se despierta y aparece en el tiempo. La aguja del reloj ha acabado su giro, suena la campana.

En el mundo en el que la tijera no corta puede también la barba, al crecer, atravesar la piedra.

64

También la fe deja tras de sí fósiles, igual que los deja la Naturaleza en las pizarras litográficas. Desde que se inventó el telescopio han desaparecido los habitantes de la Luna, los selenitas — eso no introduce ningún cambio en el hecho de que el Universo está vivo.

65

Distinguir entre la cultura y la técnica es un presupuesto de la pulcritud espiritual, como lo es asimismo distinguir entre el creer y el saber. La vida se convierte en una tragedia si no se hace tal distingo. Resulta notable que sean las amenazas a que se halla expuesta la Naturaleza lo que nos llame la atención sobre nuestros errores — cuando para advertirlos basta propiamente con echar una mirada en redondo en una esquina cualquiera de cualquier calle y también en la puerta de casa, ante todo la de uno mismo.

66

La tarea de amueblar idealmente el espacio le incumbe al arte, que crea desde el silencio y desde lo invisible. Ahí están dispuestas reservas inmensas para él. El artista no inventa — muestra. De ahí que sus imágenes concuerden con el mundo natural y con el histórico, aunque no haya tomado prestados de esos mundos sus modelos; es que el artista tiene un parentesco originario con ellos. Así es como sabe qué es lo que conviene: respeto y distancia.

La obra de arte no necesita aparatos; antes al contrario, su mera presencia le resulta nociva. Junto al desierto visual está abriéndose paso ahora un infierno acústico.

Igual que en todos los puntos del mundo de los juegos, también aquí es contraproducente el despilfarro; con facilidad se llena la mano del niño.

67

Los éxitos políticos y económicos aceleran la superficialización, pues favorecen el consumo. Ya Burckhard y Nietzsche notaron debidamente la cesura que hubo después de 1870. Antes de ellos Goethe había temido las pérdidas, los románticos las habían lamentado.

68

Goethe deseaba disponer para sí de un espacio libre en el que no tuvieran entrada las cosas visibles; no quería establecer relaciones demasiado estrechas con los objetos. De ahí su aversión a las gafas, su desconfianza respecto de los microscopios y telescopios. Más importante que la estructura le parecía a él la figura, aunque reconocía que la estructura era una referencia y un medio auxiliar — es decir, la aceptaba como «estructura de emplazamiento», como *Gestell*, para decirlo con un término de Heidegger. El escultor se apropia de conocimientos anatómicos — mas no para imitar con mayor exactitud a la Naturaleza, sino para someterla a una metamorfosis. No es el cuerpo lo que al escultor le importa, sino la figura. Pues «a mí los misterios de la figura humana me quedan más cerca una vez que han pasado por el sentir del artista».

Palabras que se encuentran en las anotaciones sobre anatomía plástica enviadas por Goethe a Beuth, consejero prusiano de Estado.

69

No ha sido menester aguardar a las sondas espaciales para averiguar que la teoría de los «canales de Marte» se debió a una interpretación equivocada. El error duró poco tiempo. Se trata de un caso corriente; un determinado aparato experimenta ciertas mejoras y ello hace que se desmorone un determinado nivel de la percepción. Ahí quedó asimismo destruida una de nuestras esperanzas. Si hubiera vida también fuera de la Tierra, el Universo se nos convertiría mucho más en un hogar. Tampoco eso nos sacaría, de todos modos, de nuestro mundo de experiencias — tal vez lo haría incluso más desapacible de lo que ha sido hasta ahora.

En la cuestión de si en Marte viven seres humanos la persona competente es el astrónomo. Pero en su especialidad no entra el juzgar si los planetas son de naturaleza divina. Tampoco le incumbe a él decir si en ellos habitan espíritus, cosa que muchos suponen que ocurre también aquí en la Tierra.

Esto roza la vieja querella con los astrólogos, a quienes la gente gusta de meter en el mismo saco que a los charlatanes. Cosas parecidas se oyen también en otros terrenos: bien conocida es la frase de aquel anatomista que dijo no haber encontrado aún almas en los muchos cadáveres a los que había practicado la disección, y también la del astronauta que afirmó no haber topado con Dios en las vueltas que había dado por el firmamento. Así es como suelen hacer su presentación los necios, lo cual no quita que sean por otro lado especialistas eminentes.

70

El hecho de que a los astros les demos nombres de dioses y de animales es un signo de veneración — un signo fugaz, como una duna en el desierto.

También son efímeros los templos y las oraciones, pero la veneración es algo permanente; alienta en el mundo. Los seres vivos y las cosas inertes veneran con su existencia. Cuando sale el Sol salúdalo desde los bosques el concierto de los animales y hacia él vuelven su rostro las flores. Las propias piedras comienzan a respirar; se desperezan.

Aquí hay que mencionar el «canto» de la columna de Memnón a la salida del Sol, así como el poema dedicado por Goethe a la respiración y a sus gracias. El impulso instintivo que incita a rendir veneración está anclado en la materia; de ahí que pueda reprimirse ese impulso, pero no la participación.

71

Es bueno que se confirme una sospecha agradable; por ejemplo, la de que en un determinado lugar existe una vena de oro. La confirmación puede exceder incluso a lo que se sospechaba: lo único que Colón quería era explorar una ruta marítima; y encontró un mundo nuevo.

América estaba allí, al alcance de la mano. La situación es diferente en el caso de las exploraciones ultrafísicas; hay prevenciones contra ellas. Las cosas invisibles, entendidas en este sentido, no necesitan estar muy lejos; habitan en nuestra propia casa. Del trato con espíritus, que parece darse no pocas veces, óyense cosas más bien desagradables que satisfactorias.

En los grandes encuentros tenemos necesidad de mediadores; pero éstos son muy raros, tan raros como frecuentes son, por otra parte, los falsos profetas. La aparición de los grandes encuentros trae a la memoria la creación; es imposible someterla a comprobación, pero deja tras sí huellas poderosas en el tiempo. La creación no forma parte de la historia, la forja.

También los cultos, aunque sobreviven a los pueblos y a las culturas, se encuentran sometidos al cambio; la razón de ello está en que no resulta satisfactoria ninguna de las representaciones del más allá.

72

Las excursiones a mundos situados fuera de la experiencia han de tener credibilidad. También la fantasía posee sus límites; cuando es caótica degenera, cuando es excesiva se torna grotesca. Pero los mitos y los cuentos animan el caleidoscopio de la historia, también sobreviven a él.

Una utopía será tanto más digna de crédito cuanto más se mantenga dentro del marco de lo posible. Lo que sí es incumbencia suya es introducir modificaciones en lo posible, hacerlo más grande o más pequeño. *Los viajes de Gulliver* se basan en el hecho de que en la sociedad hay grandes y chicos, y no sólo en el aspecto anatómico. Eso es lo que son en el mito los gigantes y los enanos. Más asombrosas todavía son las diferencias de grandeza espiritual y de poder personal. Heraclito afirmaba: «Uno es para mí como diez mil»; y Napoleón valoraba en cien mil soldados su presencia en el campo de batalla.

Swift hace que el protagonista de su obra viva

y sufra esos contrastes en islas utópicas; ahí se hace patente el *Leviatán*, de Hobbes (Hobbes murió en 1679; Swift nació en 1667). *Gulliver's Travels: brillante et féroce satire des Institutions sociales et de l'humanité en général* (Michel Mourre).

73

Lo que llama la atención en las utopías de nuestro siglo es que se presentan con el estilo de la ciencia y que son pesimistas. No hay en ellas magia; con la técnica basta. Se han vuelto accesibles la Luna y las estrellas; las predicciones se cumplen, quedan incluso rebasadas, en un lapso de tiempo cada vez más breve. Huxley camina algunos pasos por delante del desarrollo y nosotros seguimos fatalmente esos pasos. Ya hemos dejado atrás *1984*, de Orwell. El asunto que tratan estos dos autores, Huxley y Orwell, es que el avance del cálculo y de su aplicación práctica hace imparable la transformación de la sociedad en puras cifras o números.

Son climáticas las causas de tal «numerificación» o «conversión en cifras»; es preciso buscarlas por debajo de la esfera política —de un giro hacia el cesarismo, por ejemplo—, buscarlas por debajo incluso del lenguaje. La técnica ha evolucionado hasta el punto de transformarse en un lenguaje mundial; ello hace que la participación de los individuos en la sociedad vaya convirtiéndose cada vez más en una participación estadística.

El mundo está transformándose en un ágora en el que, de un día para otro, los llamados «medios» anticipan la opinión. Los oyentes se cuentan por millones, hablan muchos idiomas; de ahí que las imágenes no sean ya simples ilustraciones, sino lo principal. Los efectos que ellas causan son más fuertes que los causados por las palabras. Los poderosos aparecen *in persona*; son mostrados en sus actos y en sus crímenes.

Ha quedado rebasado el *circus maximus* — ¿pero cómo han podido ocurrir tan rápidamente esas cosas y extenderse al mundo entero? También aquí rige lo que antes se dijo sobre las olas. El planeta ha adquirido un aura nueva, una epidermis más sensible. La mudanza es por lo pronto atmosférica y no tiene signos, es como un folio no escrito. Las ondas, en sí carentes de lenguaje, están a disposición de cualesquiera textos e imágenes, que golpean con la virulencia de la ola al romper.

Así, en este mes de octubre de 1987 ha bastado que la televisión difundiese la imagen de unos pescados agusanados para que el comercio sufriese grandes quebrantos. Las flotas pesqueras han permanecido amarradas en los puertos; los mercados han quedado vacíos.

74

Como no podía ser menos en las postrimerías de un milenio, la atmósfera que reina en el mundo es contradictoria e inextricable — en unos sitios es prometeica, con grandes fuegos y manos tendidas hacia las estrellas, en otros es apocalíptica, con sentimientos de culpa que remuerden la conciencia. Nietzsche es optimista, Spengler ve parcialmente la fatalidad — como el acabamiento normal de una cultura.

La amenaza no puede dejar de notarla tampoco quien no se entrega a visiones catastróficas; es planetaria, como corresponde a la participación cosmopolita. Parece haber entrado en crisis un experimento. El carácter planificado del desarrollo, que no conoce aplazamientos, infunde de todos modos una cierta tranquilidad. Los medios parecen estar sintonizados unos con otros, como si estuvieran ensamblándose, para formar un aparato, partes procedentes de zonas muy distintas entre sí. En eso se tiene también la impresión de que el proceso es autónomo — como si la inteligencia llegase con retraso.

Frente a eso sorprende la precisión con que el trabajo sigue avanzando en los laboratorios. En ellos permanece intacto el *ethos* de Occidente — Arquímedes trazando, en la Siracusa en llamas, círculos en la arena, Plinio el Viejo viajando hacia el Vesubio en los días de su erupción. El avión sigue emitiendo señales de radio mientras se precipita a tierra.

Martín Lutero dijo que él plantaría aún un árbol en su jardín aunque supiera que a la mañana siguiente iba a hundirse el mundo. Es evidente que también Lutero consideraba más importante el camino que la meta. El profeta estaría de acuerdo con él. Ese árbol está escrito en el Libro.

75

Es de suponer que el aspecto de los fantasmas —en el caso de que los fantasmas tengan aspecto—

no es el que la gente se imagina de ordinario. Cabría pensar también que han atravesado un proceso de metamorfosis y que para aparecer, saliendo de lo invisible, se han puesto máscaras.

Ernst Niekisch me contó una vivencia que tuvo en una ocasión — creo que fue en la cárcel de Nuremberg. Estaba allí en su celda, sentado en el camastro, cuando se le cerraron los ojos durante uno o dos segundos. Entonces vio cómo se abría la puerta de la celda y en ella entraba sigilosamente, con figura de esqueleto, la Muerte. Una vez que hubo examinado cuidadosamente a Niekisch, la Muerte se retiró a un rincón y desapareció en lo informe.

Según Ernst Niekisch se trató de un sueño, que él atribuía a la sobreexcitación de sus nervios. Es cierto que esa aparición no había quebrantado el escepticismo de Niekisch, pero el carácter tan nítido que tuvo lo había llenado de estupor. En todo caso podría decirse con Shakespeare: «No fue un sueño común».

Mucha es, no cabe duda, la experiencia que en general poseemos con respecto al mundo de los sueños, pero en cambio es escasa la teoría de que disponemos acerca de lo que atañe a «el otro lado». A veces da la impresión de que los viejos libros de sueños nos proporcionan en este punto informaciones mejores que las que nos ofrece la psicología moderna, cuyos sueños son de fabricación casera. Quien sueña está rodeado, como por una nube, por una consciencia en la que nada puede penetrar. Tal limitación parece extraña en el seno de una atmósfera que se halla cargada de electromagnetismo y cuyas señales no sólo tocan el cuerpo, sino que también lo traspasan en forma de ondas. Ha sido la técnica la que se ha acercado al mito más que la reflexión; ésta sólo ha logrado una descolorida copia de la tragedia.

A lo dicho se agrega la experiencia de la persona singular. «Los sueños son espumas — llegadas de lo infinito.»* Las apariciones han causado en la persona, y por tanto en el mundo, modificaciones más intensas que las producidas por los príncipes y por las campañas militares. Las apariciones borran de la memoria las teorías o las convierten en arabescos del pensamiento. «Así fue como se pensó en otro tiempo.»

76

El modo como Ernst Niekisch daba de lado la vivencia que tuvo en la cárcel, vivencia que para él fue, sin embargo, tan importante o al menos tan significativa, se hallaba en consonancia con aquella racionalidad tan rigurosa que lo distinguía y que, desde luego, políticamente más bien lo perjudicaba. Niekisch era un orador para grupos reducidos. Cuando yo acudía a visitarlo después de 1933 le oía a menudo este comentario acerca del vuelco que habían dado las cosas: «Es una fantasmada». Más próxima a la realidad me parecía a mí esta otra frase suya: «Esos están jugándose nuestras cabezas».

La aparición tenida por Niekisch en la cárcel fue

---

* Esta frase, que aquí aparece como una cita, es del propio E. Jünger. Véase *Radiaciones II*, pág. 318. *(N. del T.)*

muy intensa; a la postre, sin embargo, no resultó esencial. La Muerte había llamado a la puerta, pero únicamente se había mostrado. Adoptó la figura con que desde siempre se la simboliza y que resulta familiar a la consciencia. La mera exposición fotográfica puede hacer surgir una impresión surrealista. Lo que, por el contrario, causa sorpresa en el salto en el tiempo es la normalidad del encuentro y de las circunstancias que lo rodean.

77

Ninguna religión puede prescindir de las apariciones. La fortaleza de éstas determina la duración de los cultos; el Sinaí no ha sufrido ningún quebranto. En el curso de la historia son favorables las renovaciones — por ejemplo, la visión que tiene una pastorcilla; esa visión va seguida de peregrinaciones. Junto a la realidad histórica hay también una realidad bucólica; en ella habita Pan.

Si nos fijamos en esta línea: Moisés-san Pablo-Lutero, parece que los encuentros van siendo cada vez más débiles. Las visiones y audiciones tenidas por san Juan en Patmos fueron más intensas que las de san Pablo en Damasco; el primero estaba «cabalmente en el centro». Algo parecido le ocurrió a Ezequiel.

78

Es preciso hacer una distinción entre los acercamientos que son percibidos por los oídos y los que son percibidos por los ojos; los primeros llegan con bramidos y voces, los segundos, con luz. Es una diferencia que se traslada también al arte.

La credibilidad de una aparición depende, primero, de su fuerza, y luego, de la resistencia que sea posible oponerle. Aunque la resistencia sea muy enérgica, como ocurrió en el caso de san Pablo, puede tropezar con una fuerza que sea más vigorosa que ella.

La cuestión de la credibilidad surge en fecha tardía; primero topamos con las cosas, luego con las causas. También es de fecha tardía la investigación de la «autenticidad» de las obras de arte, la averiguación de quiénes fueron sus causantes.

Asimismo son tardíos los cultos. La veneración originaria es existencia: agradecimiento mediante un ser que palpita. Más tardío aún es el error que dice que puede prescindirse de los cultos — tal error constituye un pase libre para Leviatán. Eso, en el tiempo. *Dum spiro, spero* — de ahí que en la Ciudad Eterna no haya templos.

El gato considera que el ovillo de lana tras el cual va dando saltos es un ratón. Ese gato puede ser, sin embargo, tan joven que nunca en su vida haya visto aún un ratón. Sería más exacto decir, por tanto: el gato va dando saltos tras un fantasma que acaso alguna vez aparezca como ratón. En la conversación ordinaria no es necesario, desde luego, tal grado de precisión.

Lo que en el fondo motiva al gato es una tercera cosa: un movimiento rápido, común al ovillo y al ratón. Lo que nosotros creemos a este respecto es que, instruido por su madre, el gatito, jugando, hace ejercicios para cuando llegue la hora de la verdad; así es también como el muchacho comenzó a seguir a su padre con la flecha y el arco.

Nos acercaríamos más a lo real si viéramos las cosas a la inversa. Primero el movimiento rápido y sólo después el ratón. Este es todavía una sombra, no una presa, y no ha de tener miedo a los dientes; igual que la tijera que no corta, tampoco esos dientes encierran peligro.

El camino tiene sentido, pero no significado; está cabe el origen mismo y ahí no posee cualidad.

80

También es posible percibir semejanzas entre magnitudes situadas fuera de la experiencia; las artes, ante todo la música, son las llamadas a mostrar tales semejanzas. Se trata de ecos. Lo *déjà-vu* no es un recuerdo de cosas que ya hayamos visto, sino de cosas con las que nos encontramos «en algún lugar», tal vez en los sueños o en la vida anterior. De ahí que sea especialmente fuerte la sorpresa. Casi siempre nos preguntamos en vano por ese «algún lugar».

Cada nación tiene su propio Heracles; nadie lo ha visto, pero todos han oído hablar de él. En las reproducciones de su figura es posible comparar, no obstante, los diversos Heracles; son parecidos, pese a las peculiaridades específicas de cada uno.

A veces hay, sobre todo en las crisis, alguien que está dotado de una fuerza particular y que destaca en la historia. Es semejante al héroe, pero no posee la misma alcurnia que él — ni siquiera la posee en sus debilidades; no tiene un puesto en el Olimpo. El modelo es más fuerte que la copia. El mito es más fuerte que la historia; ésta lo repite en variantes.

En la decadencia también las propias copias se vuelven más flojas; Heracles aparece en figura de comediante y de jugador de pelota. El emperador Cómodo saluda con su maza de cristal a los gladiadores.

81

El Heracles mítico, nunca visto por nadie, es más fuerte que el héroe nacional; es intemporal. También una línea meramente pensada es más impecable que todas las líneas dibujadas.

Es posible establecer parangones entre una magnitud que existe y una magnitud que es sólo pensada o sospechada. Ambas ganan con la comparación, ya que ésta les otorga fuerza de parábolas. La magnitud existente encuentra una corroboración espiritual; la meramente pensada, una corroboración real.

82

A este respecto, un hallazgo en Immanuel Kant: «Al unicornio de mar le corresponde la existencia;

al unicornio de tierra, no. Lo único que esto quiere decir es lo siguiente: la representación del unicornio de mar es un concepto de experiencia, o sea, la representación de una cosa existente... Se dice: yo lo he visto o lo he oído decir a quienes lo han visto».

Cuando Kant dice «unicornio de mar» está refiriéndose al narval, y cuando dice «unicornio de tierra», al célebre animal que aparece únicamente en las leyendas. Aunque el narval fue ya conocido en la Antigüedad y descrito también por san Alberto Magno, hasta fechas posteriores a la Edad Media siguió considerándose que su colmillo, encontrado en playas polares, correspondía a un ser fabuloso que vivía en los bosques.

Bien que sólo pocas veces, el narval fue visto; el unicornio, en cambio, impresionaba a la fantasía. Pasó mucho tiempo, sin embargo, hasta que se los separó limpiamente en la representación. Entonces el narval fue a parar a la zoología; el unicornio, a la mitología. Una relación semejante es la que hubo entre la ballena y Leviatán. Ese aguzamiento del saber se lo debemos al siglo XVIII, que hizo limpieza no sólo en las jerarquías políticas.

Junto a otras extravagancias, como el «diablo del bosque», también el unicornio aparece en la *Historia animalium* de Gesner; de él sabe contar el autor cosas que redundan en su fama. Los príncipes, así Carlos el Temerario, pagaban a precio de oro el cuerno del unicornio y se hacían fabricar con él una copa, pues era inmune a los venenos la construida con su materia; y quien sólo podía adquirir un fragmento de cuerno, lo incrustaba en un vaso de oro.

Podríamos contentarnos con decir que el unicornio es un fantasma; pero es un animal que nada tiene que ver con esos cuentos que se narran por la noche junto a la chimenea. Antes al contrario, su belleza nada común llama la atención. Quienes lo imaginaron de ese modo fueron seguramente los celtas; de Escocia pasó luego al escudo de Inglaterra. Desde siempre se consideró que la virtud curativa del cuerno del unicornio era de igual alcurnia que la del muérdago, cultivado por los druidas.

83

La sospecha de que hay cosas invisibles, cosas que aparecen raras veces o que sólo se muestran a los elegidos, hubo de ir precedida del conocimiento de las cosas visibles, es decir, de la experiencia — ésta proporciona el asidero, como lo proporcionó, en el caso de que aquí estamos hablando, el colmillo del narval. Fue un error, pero el unicornio de tierra desplegó gracias a él un poder espiritual y continúa siendo cantado, venerado, admirado.

El unicornio de tierra, que es algo que no está ahí presente, se convierte en un ser poderoso en la historia, mientras que el unicornio de mar, un animal entre otros muchos, no pasa de ser una curiosa rareza de la historia natural.

84

Lo que ahora causa estupor es el giro con que Kant logra una obstetricia espiritual. Kant declara, en efecto, que la pura existencia es una propiedad secundaria y, a la postre, innecesaria. Es posible, comenta, pensar incluso a un Julio César puramente como una invención, pensarlo des-realizado, por así decirlo. También en una narración o en un sueño podría presentarse Julio César con todos los detalles que conocemos por la historia.

De ahí, añade Kant, que no sea del todo correcto decir: «el unicornio de mar» (o sea, el narval) es un ser existente. Es mejor decir: «A un cierto animal marino le convienen las propiedades que yo pienso juntas en un unicornio».

De igual manera, agrega Kant, tampoco es del todo exacto decir que en la Naturaleza se presentan hexágonos regulares. «No: en la Naturaleza se presentan hexágonos regulares, sino: a ciertas cosas de la Naturaleza, como las celdillas de los panales o el cristal de roca, les convienen los predicados que son pensados juntos en un hexágono.»

85

La existencia de las cosas se halla, por tanto, como dibujada previamente en un sello, cuya figura, impresa en la cera, «aparece» con mayor o menor nitidez. Hace un momento era posible, mientras que ahora existe («ahora» es aquí mejor que «en este instante»). Sin duda podemos deducir de ello que el «estar aquí», la presencia, es sólo una de las cualidades posibles del «estar ahí», la existencia.

A los cultos les es común esta noción, que en sí misma es sencilla; es una noción que desde los comienzos preocupa no sólo al pensamiento de las Iglesias y de los espíritus, sino a todos sin excepción. Una y otra vez es preciso sintonizarla con el tiempo, y de ahí que sea perenne y también permanente.

86

Las cosas posibles, o mejor, las cosas que tienen posibilidades, son inconcebibles, inaprensibles con un concepto; la representación se halla separada de ellas como por un muro. Lo único que podrá acercarlas a la intuición será lo que caiga dentro de la experiencia, es decir, las parábolas.

Está bien justificado el que para ello sirvan las imágenes, en especial las sacadas del reino vegetal — una vida larga, aun brotada de una yema, permite abrigar la esperanza de un triunfo sobre el tiempo, y una primavera siempre nueva permite esperar el retorno. De ahí el loto, el grano de trigo, el grano de mostaza, el lirio de los campos, el fresno del mundo, la higuera.

Esa esperanza va seguida de ritos funerarios y de veneración de los antepasados, y, más tarde, de arte y de cultura.

87

Las cosas posibles pueden salir defectuosas en el mundo de los fenómenos; es lo que ocurre, por ejemplo, en los monstruos. Leibniz dice que nuestro mundo es el mejor de los posibles; ahora bien, eso implica una multitud de mundos que no han tenido un éxito similar. Cabe suponer de todas maneras que Leibniz entiende por «mundo» no la Tierra, sino el Universo. Con ello los otros mundos, los increados, permanecerían en el campo de la mera representación. Por cierto que últimamente está debatiéndose la posibilidad de que «nuestro» Universo no sea el único, sino que existan varios. Lo único que esto haría sería trasladar astronómicamente ese concepto a una dimensión nueva. Es posible desde luego agrandar el Universo, pero sólo como único cabe pensarlo.

88

También puede ser imperfecta una magnitud que sólo se dé en la representación, una magnitud sólo posible. Quien admita eso habrá de admitir que a la postre resultan insatisfactorios no sólo todos los fenómenos, sino también todas las ideaciones, que en ellas queda siempre un rastro de tierra. De ahí que se marchiten necesariamente las flores y de ahí que haya valores a los que no osan acercarse las palabras.

Por mucho que admiremos al Alejandro Magno histórico, no cabe negar que tuvo sus defectos. Mas tampoco una novela sobre él conseguirá un personaje perfecto — al contrario, cuanto más se idealice a Alejandro Magno, tanto mayor será el peligro de que carezca de credibilidad.

Esto toca el talón de Aquiles de la autoría y toca, por encima de ello, un problema teológico.

Desde luego no cabe negar que las artes alzan los fenómenos a un nivel más elevado de percepción — la que con más fuerza logra eso es la música. Su fluido precede a la decisión, también a la decisión política. Lo que no es posible pesar, lo imponderable, eso no sólo mueve los pesos, sino que modifica el peso. La causa no deja huellas, se hace presente únicamente en la participación.

El autor opera mediante la imaginación. Crea modelos que, cual ecos o reflejos, reobran sobre la realidad. Un *melos* nuevo produce uniones armoniosas, o bien desencadena violencias. Un dibujo que fue trazado a la ligera, de un día para otro, hácese realidad en construcciones que requieren trabajos de esclavos durante siglos y que acaso no sean terminadas nunca — la torre de Babel, las pirámides, las catedrales, el Taj Mahal.

El plan subsistía antes de su ejecución; ésta era una de sus posibilidades. El plan sobrevive también a su ejecución. Y así se dice: «En el poema de Homero son indestructibles las murallas de Troya». El plan está oculto en las construcciones; nos plantea enigmas. Lo que ocupa nuestro ánimo en presencia de Stonehenge no es tanto lo que aquellos hombres desconocidos construyeron cuanto lo que planificaron. Tras sí dejaron un observatorio astronómico, desde luego, pero, con él, un santuario.

El Libro de Horas quiere que se lo llene de ilustraciones.

90

El plan no exige su ejecución; ésta puede resultar incluso perjudicial. Grandes ideas, así la igualdad, la libertad, quedan menoscabadas por el abuso que de ellas se hace en las disputas políticas. En todo caso la ejecución no es obligada; el plan subsiste sin ella. La ejecución es una de sus posibilidades; así es como aparece el hexágono en las celdillas de los panales y en el cristal de roca. Podrá derretirse la cera, podrá romperse el cuarzo; el hexágono permanece intacto. Esto se dice aquí por anticipado, con vistas a la tijera.

Si se llega a la ejecución, lo que entonces se hace realidad es, a su vez, una determinada porción de lo posible. Adán se torna mortal y aparece en millares de millones de individuos. Es nuevo el pensamiento de que esa propagación resulta superflua e incluso perjudicial.

Más lejos apunta la sospecha de que lo que falla no es sólo la ejecución, sino ya el plan mismo — de que, por tanto, el ser humano es errado en cuanto especie, y, consiguientemente, en cada uno de los individuos. Schopenhauer llega a la conclusión de que sería mejor que no hubiésemos nacido, y Nietzsche quiere cambiar la especie.

91

La índole imperfecta de la creación atribúyenla los cristianos al pecado original; Schopenhauer, a la voluntad ciega; y Darwin, a defectos de equipo. Según esto el reloj o bien estaría mal construido o bien se habría estropeado o bien habría sido puesto en marcha defectuosamente. Es general el convencimiento de que son posibles otras cosas mejores, tal vez incluso perfectas — aquí o en otro sitio, ahora o en el porvenir.

La crítica que dice que no sólo la ejecución es imperfecta, sino que lo es también el plan, habrá de quedar restringida a los niveles inferiores. Esa crítica encierra en sí misma una contradicción, por cuanto en lo perfecto el plan se extingue. En lo perfecto no hay ya ni tiempo ni intención ni ejecución.

92

Un plan perfecto haría innecesaria la pluralidad de las religiones. En el tiempo es imposible, pero en la Ciudad Eterna no hay ya templos. Una religión universal tendría menos fuerza que cada una de las religiones existentes, menos fuerza incluso que las sectas. Sería preciso idearla primero y luego construirla mentalmente, como un esperanto. Pero una religión no se basa ni en la razón ni en la intención; se basa en las apariciones.

Se idea el plan y luego se lo construye mentalmente, antes de que se haga palpable. Pero ya mientras estaba siendo ideado se emancipó. Eso es lo que constituye el freno de la razón.

Un plan, cuando raya en la perfección, como les ocurre a las celdillas del panal con el hexágono, puede oponer una resistencia prolongada al tiempo.

De eso está permitido sacar conclusiones en sentido contrario: si un plan como el de Confucio ha persistido durante milenios cabe sospechar entonces que en él se produjo un enérgico acercamiento a lo indestructible. El «diente del tiempo» tuvo que emplearse largamente para roer ese plan. Por otro lado, de eso cabe inferir también que el acercamiento no está reservado a los cultos, cosa que supone un consuelo para los no bautizados y para los incircuncisos. Con razón se cuenta a Confucio entre los filósofos y no entre los fundadores de religiones, pese a que se levantaron templos en su honor.

93

Ni siquiera el mejor de los dibujos carece de defectos; no hay lápices ni compases capaces de una precisión absoluta. Con la ejecución llega desde todas partes el deterioro, en forma de desgaste rápido o de envejecimiento veloz — crece el poder del tiempo.

Aquí cabría objetar que desde hace cien años la medición tanto del tiempo como de las partículas ha alcanzado un grado con el que hasta hace poco ni siquiera se soñaba. Aquí no podemos hablar ya de progreso, sino del hito de un cambio de rumbo — del comienzo de una óptica nueva, como si un mago hubiera mirado en el interior del cristal (Max von Laue, fallecido en 1960).

Puede hacerse esta contrapregunta: la precisión absoluta, ¿no producirá también un endurecimiento, una especie de microencostradura que impida o al menos interrumpa la ósmosis entre las partículas más finas, entre las mónadas por ejemplo? En el proceso contra Galileo no desempeñó todavía ningún papel la idea de que la precisión absoluta es enemiga de la vida. Para nosotros el Sol sigue girando también ahora: estamos viviendo, contempladas las cosas astronómicamente, en un espacio intermedio: sin un astro central.

94

La distinción entre el unicornio de tierra y el unicornio de mar se encuentra en el escrito de Kant *El único argumento posible para demostrar la existencia de Dios*, que apareció en Königsberg en 1765. Ese escrito fue anterior a la obra capital del filósofo, pero ya en él puede notarse la uña del león.

Kant termina este escrito suyo con la siguiente observación: «Es completamente necesario que nos convenzamos de la existencia de Dios; pero no es tan necesario que la demostremos».

Esta última distinción realizada por Kant alude a la primacía que corresponde a la intelección inmediata frente a la intención. Cabe traspasar esa distinción desde la religión a otros terrenos, también al que más cerca de la religión se halla: el arte.

¿Cómo se explica, cuando oímos o vemos una obra de arte, ese sentido secreto que nos convence de que está «bien lograda»? Es algo que golpea con la fuerza del oleaje. Tiene que haber ahí, como tiene que haberla también en la contemplación de los espectáculos de la Naturaleza, una estación que esté situada fuera de la experiencia. Las celdillas de los panales, el cristal de roca parecen bien logrados porque son los representantes del hexágono que no se da en la Naturaleza; lo muestran.

«Ser representante» de algo significa: apresar una realidad, traerla a presencia. En la obra de arte se trasmite a los ojos y a los oídos aquello que no cabe ver ni oír. Tampoco fue ésa la intención del maestro; la fue su oración.

95

El enunciado: «Esta obra de arte es moderna», es un enunciado cronométrico. Al cabo de un año habrá dejado de ser moderna — pero, si era buena, continuará siendo buena. Queda así bien patente que la obra de arte sobrevive en la medida en que estuvo bien lograda. También la larga vida de la obra de arte es una parábola, pues no hay obras de arte «eternas»; pero lo que sí hay en ellas son cosas eternas. En este sentido es preciso tomar en serio toda dedicación a algo; también la de la niña que por primera vez extiende su mano hacia una muñeca. No hay que olvidar la distinción entre lo que es auténticamente ingenuo y aquello que lo es sólo de manera artificial: lo primero es algo, de lo segundo se dice que lo es. De eso viven los centros académicos.

Segunda parte

96

La tijera. La elección del título de este libro se debe a una de esas autocríticas que el autor se hace a últimas horas de la tarde o también por la noche. Aquel día había mencionado por la mañana «una tijera que no corta y una espina que no pincha».

Aquí cabría preguntar si no hubiera sido mejor hablar de una tijera roma — pues una tijera que no corta es un objeto sin sentido.

Como contrapregunta sería menester indagar lo siguiente: ¿el sentido de una tijera está en cortar — o eso no es más que una de sus funciones? La tijera roma no sería entonces un objeto sin sentido, sino a lo sumo un objeto inútil. A lo que se añade que la tijera permanece casi siempre en reposo, como un objeto que estuviera soñando, por así decirlo.

97

La tijera es posible también como dibujo — y ello en diversas posiciones: como un objeto cortante que se abre y vuelve a cerrarse. En la pantalla de televisión cabría mostrar como una sombra el modelo — algo que no produce ruido, pero que hace referencia a una multiplicidad de tareas; se consiguen así, abriendo y cerrando el objeto, determinados efectos. La potencia es simple; las posibilidades, ilimitadas. Aquí habría que pensar, lo primero de todo, en una tenaza, pero luego también, completamente en general, en una forma básica de instrumento. De los peluqueros, los censores y los estrategas se dice que hacen uso de la tijera. A un ejército que ataca «se le corta el pelo al rape» (mariscal Foch).

98

La tijera que no corta puede aparecer también en la obra de arte; por ejemplo, en un cuadro de asunto doméstico. Los pintores se complacen en poner cerca de la buena ama de casa una tijera; su representación no debería ser, en contraste con el modelo, demasiado precisa.

Aquí es de aguardar esta objeción: qué pasa entonces con el surrealismo, donde lo que plantea exigencias estilísticas es cabalmente la precisión. Por ello en el surrealismo la precisión se aparta de la pura copia, también de la copia fotográfica. Entre los fotógrafos, de todos modos, hay asimismo buenos escenógrafos, que no copian el objeto, sino que lo llevan a la dimensión que le es propia.

Las cosas demasiado precisas no refuerzan la realidad, sino que atentan contra ella. De ahí que se tenga esta impresión: es preciso volver a mirar bien. El intelecto impone una exigencia por la que queda debilitada la obra de arte. Es posible que por eso se distanciase De Chirico de sus primeras obras.

El reverso de la medalla es la evitación de los objetos. A los ojos educados en los objetos les resulta difícil juzgar el rango poseído por lo que allí se muestra. Podría alcanzarse un grado tal que en él desapareciese la tijera como objeto y, sin embargo, continuara siendo el asunto del cuadro — habría ahí un acercamiento a la música. El unicornio sale de la zona de sombra.

99

Desde siempre viene adjudicándose a los movimientos una fuerza inmediata; eso está justificado, pues el entenderse por movimientos, por señas, fue algo que precedió al lenguaje con palabras. Para el trato ordinario es suficiente en gran medida tal modo de entenderse, más aún, con frecuencia resulta más comprensible que la palabra hablada. De ello dan testimonio tanto el cine mudo como el teatro kabuki.

La tijera se mueve abriéndose y cerrándose; el efecto consiste en el corte. Cuando se contempla la tijera que no corta, entonces el corte y con él el dolor no pasan de ser una circunstancia accesoria. La ola no se ha convertido todavía en oleaje, el camino no se ha transmutado ya en movimiento. Aún no ha desprendido cualidad y es, si se lo considera en ese sentido, más importante que la meta.

100

Un ejemplo de la fuerza inmediata del movimiento: Moisés en el combate contra Amalec:

«Y cuando Moisés alzaba la mano, vencía Israel; mas si la bajaba un poco, llevaba la ventaja Amalec».

Aquí «la mano» significa «las manos» y mejor aún «los brazos» — tal es la actitud sacra cuando hay peligro de muerte. Que eso era así, se infiere de lo que sigue:

«Y como a Moisés le pesaban las manos, Aarón y Jur tomaron una piedra y se la pusieron debajo para que se sentase; mientras, ellos le sostenían las manos, uno a cada lado. Así mantuvo Moisés las manos hasta que se puso el sol. Josué derrotó a Amalec y pasó a cuchillo a su gente».

101

Es tan grande el acercamiento (o tan pequeño el alejamiento) mientras dura el combate contra Amalec que casi no puede hablarse de causa y efecto. La fuerza se manifiesta, la tijera empieza a cortar, pero ello ocurre no «porque» aparezca el signo, sino «mientras» aparece. Aquí resulta fácil incurrir en una confusión, que es usual en el modo de concebir la plegaria — se imputa causa y efecto a una forma superior de simultaneidad. La tarea de Moisés consistió en invocar, no en decretar.

El tiempo hubo de tener todavía una gran condensación en los movimientos sacros, pues en ellos se producían acercamientos de cosas remotas. Ecos de eso se han conservado en el lenguaje, especialmente en las conjunciones, muchas de las cuales se ofrecen como sinónimos no sólo de datos espaciales y temporales, sino también de datos causales (en alemán, por ejemplo, *da* [«ahí» y «porque»]; *her* [«hacia aquí» y «de ahí que»], *weil* [«porque» y «mientras»]).

102

Cuando el vencido en combate levanta los brazos y se da a conocer como alguien que no lleva armas, que no actúa, ese movimiento es un modo de entenderse entre seres humanos. Se ha perdido el sentido sacro del signo, su significado práctico aumenta. Lo que se pide y lo que se da es una respuesta.

Cuando lo que el signo se propone es una pura exhibición, una «demostración», no es una respuesta lo que se aguarda. Aquí el signo adquiere un carácter simbólico, como ocurre en la V para indicar *Victory*. Ese mismo signo, exhibido con el brazo extendido horizontalmente para alejar el mal de ojo, asume un significado mágico.

103

Contemplar despojados de espacio y tiempo al péndulo, a la espiral, a la tijera, contemplarlos, por así decirlo, como su alma, eso es algo que le resulta difícil al entendimiento. A él le está vedado el regreso al origen. Para ello tiene necesidad de un puente, por muy estrecho que sea; es algo que viene exigido por su naturaleza. Y así, para dar una trayectoria a la luz, le fue preciso al entendimiento inventar el éter — un medio del cual se hablaba mucho todavía en las escuelas a comienzos de nuestro siglo. El éter, se decía, era una materia tan sutil que ni siquiera cabía imaginarla, pero, con todo, continuaba siendo una materia corpórea y había que contar con su influjo sobre el movimiento de los astros en el trascurso de espacios de tiempo muy prolongados. Entretanto otras teorías han marginado esa noción. Tampoco ellas, sin embargo, proporcionan un mayor acercamiento al origen.

104

La física ha alcanzado un estadio mágico. Sus exhibiciones, sus «demostraciones», tienen más fuerza que todas las demás y son eficaces. El estupor que causan en nosotros se parece al estupor de los indígenas ante cuyos ojos se enciende una cerilla. Ese estupor podría variar si se viesen los fenómenos, por ejemplo el dualismo de las partículas (Bohr), no como milagros, sino como parábolas. Tal cosa se lograría si el espíritu llevase los hechos al lugar que les corresponde — eso toca problemas tan actuales como el de si son evitables las catástrofes o si son necesarias.

El capítulo cuarto del Libro del Exodo es importante también en lo que respecta a las exhibiciones. Antes de que Moisés regrese de Horeb, la montaña de Dios, el Señor le otorga el don de hacer milagros. Moisés puede hacer que la serpiente se quede rígida y que torne a vivir, puede transformar el agua en sangre, su mano puede hacer desaparecer con un simple movimiento la lepra. Con ello dispone en gran medida de la vida y de la muerte.

El don de hacer milagros, por muy eficaz que sea, no pasa de ser, sin embargo, una cosa secundaria; está destinado a la exhibición. Pretende convencer al pueblo de la aparición que lo ha precedido. Más importante que la curación de la lepra es la noticia de que la llama no consume la «zarza en llamas».

105

La tijera es un ejemplo como otro cualquiera de la potencia que reposa en los objetos; también podría decirse: de la potencia que les ha sido otorgada. Antes aún de que corte, la tijera actúa ya con su abrirse y cerrarse. Antes de que comience a respirar y finalmente a actuar, está dormida. Aquí es preciso distinguir entre «actuar» y «ejecutar una acción», igual que es preciso distinguir entre el modelo del corte y el corte mismo.

La actitud de Moisés mientras Aarón le sostiene la mano es sacra; la tijera de Atropo es mántica; la de un escudo parlante, alegórica; la de una modista o un cortacésped o un paguro es práctica en el sentido corriente. El que sea su función lo primero en que pensamos cuando usamos la palabra «tijera» es algo que se halla en correspondencia con los hechos.

106

La función consigue rendimientos óptimos, pero no absolutos. «Perfección absoluta» es un pleonasmo. Lo que sí puede pedirse es un trabajo «preciso» y «acabado». Entretanto la medición de los fenómenos ha alcanzado valores límite. Cabe fabricar relojes que se adelanten o se retrasen un solo segundo en un lapso de tiempo de mil años. Ese reloj, sin embargo, está a más distancia de lo absoluto que un reloj de sol de la Antigüedad.

El impulso instintivo que nos lleva a buscar una precisión cada vez mayor, la cual excede todas las necesidades prácticas, podría brotar de una ardiente sed tantálica; vista así, la técnica nuclear sería un producto secundario.

107

El dar satisfacción al impulso instintivo que nos lleva a ejecutar juegos matemáticos, y eso es algo que hoy está extendiéndose, representa tal vez un incentivo o una compensación. Cosas muy ligeras aumentan de peso, y cosas muy pesadas pierden parte de él. No será una casualidad que estén a punto de efectuarse experiencias en el espacio ingrávido. La búsqueda del mayor de los números primos carece de significado, pero no de sentido. Suele decirse que los números primos son la roca primitiva en que se asienta el mundo de las cifras; quizá se produjese ahí un fallo mental que ahora no cabe corregir.

108

Aunque no es posible alcanzarlo, lo perfecto continúa siendo el modelo. Es lo que ocurre con la recta, a la que otorgamos el rango más noble entre las líneas. La recta perfecta, una recta imaginaria por tanto, está escondida en todos los ejes de todas las ruedas y es ella la que les proporciona rectitud. Cuando el carro da sacudidas al moverse, podemos echar la culpa al carretero, que ha construido chapuceramente la rueda. También podemos decir que ha dejado de hacer lo que la horizontal exigía de él. Es algo que resuena también en la censura del maestro, aunque él no sea consciente de ello, y es lo que otorga su rango a la obra manual. La plomada y la balanza plantean exigencias similares al arquitecto, y no sólo al arquitecto. Cuando contemplamos obras de arte la balanza se convierte en balanza de pesar oro, en balanza de orfebre.

109

Dicho en términos paradójicos, el cristianismo sería posible también con una historia diferente. A ello apunta ya la pluralidad de los evangelios y, más tarde, de las confesiones. Esas cosas son versiones. De ahí que resulten errados, perjudiciales incluso, todos los intentos de historificar el acontecimiento.

Pero el cristianismo es impensable sin la cruz, la cual aparece más frecuentemente sin la figura del Crucificado que con ella, y eso por buenas razones. Así tiene credibilidad. Basta con contemplarla. El signo exhibe su fuerza originaria.

Una figura astral obtiene su representante cuando llega su momento. El ser humano es su representante. Léon Bloy dice que la cruz habría aparecido en cualquier circunstancia, aunque Cristo hubiera sufrido una muerte diferente, aunque hubiera muerto por la espada, por ejemplo. Frases como ésa desbordan a menudo el marco en que fueron pronunciadas. Así, la frase *stat crux, dum volvitur orbis* [la cruz está quieta, mientras el orbe gira] apunta a un acontecimiento que dura no sólo más que la historia y, por tanto, que los cultos, sino más que el tiempo.

110

La flora de las selvas vírgenes está sujeta a putrefacción, la de los desiertos se reseca hasta quedar reducida a polvo. Con todo, junto al muro del tiempo* crecen esos musgos y líquenes que vio Leonardo. La figura de esas plantas da que pensar, permite incluso abrigar esperanzas — ahí tiene que haberse filtrado agua de vida. La tarea consiste en separar del mar, de las nubes, de las gotas de rocío, esa clase de agua.

---

* *Junto al muro del tiempo* es el título de una obra de E. Jünger de próxima publicación en Tusquets Editores. *(N. del T.)*

111

El agua del Jordán es fangosa; a cambio regala cuatro cosechas al año. Eso es una parábola. Y también es nada más que una parábola —pese a que el agua de bautizar está ya más cerca del agua de vida— el hecho de que se bautice con el agua del Jordán.

La vena del corazón late más floja y los sacramentos pierden su fuerza en aquellos sitios donde la teología se mete en callejones sin salida ortodoxos y sociales y luego también sociales y morales. Lo obvio se encuentra asimismo en otros sitios, por ejemplo en las películas.

Místicos, utopistas y sectarios de toda laya pasan a ocupar las posiciones abandonadas. La situación general confirma que al mismo tiempo están presionando para ocupar el centro todas esas curiosas rarezas que desde siempre han florecido al margen del arte, en sus bordes.

De lo que en última instancia se trata es de que algo sea creído, no de que sea probado. No puede ser misión del clérigo robarle al pobre la esperanza, apagarle las velas de Adviento. Tampoco presta ayuda al paralítico el médico que le niega las muletas. Eso lo único que hace es sembrar dudas acerca de su arte de curar.

En el seno de las dictaduras las Iglesias continúan ofreciendo un modesto refugio; hay una religión de tiempos de penuria y una religión de tiempos de bienestar.

«Este retrato es encantadoramente bello.»* ¿Es que se necesitan más explicaciones? Al contrario; el lenguaje del artista está en su obra. Si ese lenguaje está bien logrado, hablará a los hombres, los interpelará en algún lugar y en algún tiempo. Y aunque no los interpelase, también podría, con todo, estar bien logrado — estaría «escrito en el Libro»; las nupcias con el Universo han salido bien. Una ofrenda hecha a Apolo, aunque sea modesta, aunque no esté bien lograda, merece la atención del dios; también en ella hay un mérito, se asemeja al óbolo de la viuda pobre de que habla el evangelio.

En una ocasión me dijo un célebre pintor: «Este cuadro mío habría causado ya su efecto aunque yo lo encerrase bajo sellos o lo quemase».** La tarea del clérigo es más difícil, pues él ha de interpelar de manera directa al ser humano. Y también, claro está, de manera indirecta — por ejemplo, con su buena conducta, especialmente en asuntos de moral. Si la fuerza espiritual del clérigo es significativa puede entonces, desde luego, exigir todo de los fieles.

La dedicación del clérigo al ser humano incluye su relación personal con Dios, su intimidad sacra-

---

* Palabras con que comienza el aria de Tamino (acto primero, escena cuarta) en *La flauta mágica*, la ópera favorita en la familia de E. Jünger. *(N. del T.)*

** El pintor aquí aludido es Picasso. En *Radiaciones I* (Tusquets Editores, n.º 98/1 de la colección Andanzas, Barcelona, 1989), págs. 325-326, describe Jünger la visita que hizo a su estudio de París el 22 de julio de 1942. Allí se mencionan también esas mismas palabras de Picasso. *(N. del T.)*

mental con él, intimidad que no es menos vulnerable que la intimidad erótica. Es cierto que a la oración ya no se le atribuye la fuerza cósmica que se le otorgó en los cenobios y monasterios del Sinaí; sin embargo, la oración tiene repercusiones en el ministerio, por cuanto consolida a la persona.

113

El teólogo tiene tareas estratégicas; el clérigo, tareas tácticas. Las grandes inflexiones de la historia van precedidas de tiempos de transición; las dinastías, de interregnos. Los nuevos valores no están aún vigentes, los viejos ya no lo están. El destino que aquí nos amenaza es el del soldado al que no le llegan más municiones. Combate con armas anticuadas y con proyectiles escasos.

En una situación como ésa el soldado se vuelve hacia sus camaradas. Dicho con otras palabras: los cuidados cultuales son sustituidos por solicitudes sociales. En lugar de la cura de almas aparece la asistencia social, cosa a la que nada hay que objetar, pero que es una tarea secundaria. La figura del pobre queda degradada si esa tarea pasa a ocupar el primer plano.

114

Un giro de ciento ochenta grados encuentra su expresión visible en que también el clérigo ejecuta ese mismo giro ante el altar. Tal cosa afecta a su dedicación. El problema es si con ello se ha producido una modificación también en el altar. Da igual que sea de madera o de mármol, puede dársele las vueltas que se quiera: el altar continúa siendo tanto la mesa en que se come y se bebe como la superficie en que se hacen ofrendas. En los inicios casi no había diferencia en ello.

A partir de Gregorio I va debilitándose la fe en la presencia directa de la divinidad, por cuanto se concibe cada vez con más fuerza la Cena, la Eucaristía, como una incruenta repetición simbólica, como un puro memorial. El paso del «es» al «significa» lleva del ser al conocimiento; la tijera adquiere función.

115

Las grandes disputas, como las que hubo acerca de las imágenes o acerca de los nombres, son permanentes. En el fondo se trata de la porción metafísica ínsita en las cosas y en el lenguaje. En este punto es preciso no olvidar que a partir de Nietzsche cayó en descrédito la «metafísica». Eso no representó ninguna novedad; ya en la Antigüedad tuvo Nietzsche predecesores, como Luciano y también Petronio, a quien él tanto apreciaba. Pero no deberíamos apegarnos a los conceptos; éstos sirven más bien para fijar que para enmarcar.

En la actualidad habría que preferir tal vez el término «ultrafísica» a «metafísica»; ultrafísica, es decir, una continuación de lo real hacia ambos lados — semejante a la continuación del espectro más allá de la franja del mundo visible. Con todo, se conciba eso como se conciba, el desasosiego persiste.

116

Con respecto al muro del tiempo es preciso hacer una distinción entre poesía y verdad: ni la una ni la otra pueden ser sino imperfectas. El problema es qué cosas fueron introducidas por la poesía en el otro lado — y luego, a su vez, qué cosas se filtraron desde allí, algo que cabe adivinar, más que leer, en las figuras de los musgos y los líquenes.

Con razón se considera el Libro del Génesis como el documento de un acercamiento incomparable. Cabe además presumir que contiene fragmentos de un texto primitivo trasmitidos hasta nosotros como desde una Atlántida sumergida. De imágenes de encuentros numinosos se desprendieron entonces como chispas ciertos conceptos que todavía hoy nos dan que pensar. Diferenciaciones como las que se hacen entre el Arbol del Conocimiento y el Arbol de la Vida es difícil que procedan del Sinaí; lo que sin duda procede de él, en cambio, es la «serpiente de bronce» y la «zarza en llamas».

117

El fallo del ser humano se traspasa al mundo que lo rodea, a la Naturaleza, tal vez incluso al cosmos. La razón principal de eso está en el humano afán de novedades, en la curiosidad, que va seguida de petulancia.

Este asunto capital de nuestra época está anticipado en el Libro del Génesis en la medida en que la pérdida del Paraíso afecta no sólo al hombre, sino que a la vez afecta, con él y por él, a los animales y a las plantas, que son inocentes.

Las plantas empiezan a combatir entre sí por la luz y el espacio; los animales, por el alimento. Adquieren maldad. Con ello cabría enlazar la ingenua pregunta de por qué estaban ya armados de dientes en el Paraíso los animales, y no pocos incluso de dientes venenosos.

A eso podría responderse que lo que adquirió eficacia con la expulsión del Paraíso fue únicamente una función del diente, a saber, su función de arma. Había otras posibilidades, algunas de las cuales conocemos — así, su empleo como adorno, como parte de una sierra, como marfil. También es preciso tener en cuenta que tanto en la Naturaleza como en la técnica echan dientes órganos e instrumentos extremadamente diversos.

En el Jardín del Edén estaban presentes todos los desarrollos posibles, tanto si luego se efectuaron como si no. De ahí que parezca absurda la reacción de las Iglesias contra Darwin — también a sus teorías cabe darles una interpretación *ad maiorem Dei gloriam*. Con ello volvemos a nuestro modelo: la tijera que no corta. También cabe concebir la dentadura como una tijera; es algo que viene insinuado ya por el diente «incisivo», es decir, «cortante».

Las plantas y los animales del Paraíso poseían una fuerza inimaginable, que reposaba en sí misma. Esa fuerza sobrepasaba incluso a la del Zodiaco, cuyos signos ejercen ya efecto o influjo, pues el Universo se mueve en el tiempo. Los animales del Jardín del Edén no dependen de la multiplicación, pues viven antes del tiempo. Son «tipos», tipos más imperecederos que los de Linneo; el tiempo no puede causarles ningún daño. Aquende el muro la creación queda degradada y pasa a ser procreación, generación. Es una rama que se separa del *eros* cosmogónico y produce seres mortales. De ahí que Noé hiciera entrar a los animales por parejas en el Arca, para que pudieran sobrevivir.

Es evidente que los animales del Jardín del Edén se distinguen de los que son descritos por nuestra zoología. Visiones cósmicas, mágicas, demoniacas, totémicas, heráldicas, fueron cambiando con el nivel del conocimiento, pero también se conservan en el tiempo recuerdos de la veneración de antaño y de los terrores tempranos. Los egipcios sabían de los animales más cosas que Gesner, Darwin y Linneo.

Prescindiendo de que representa una mirada retrospectiva, el Libro del Génesis se apoya en versiones más antiguas, trasmitidas por vía oral. En su texto está entretejida la heterogeneidad de aquellos animales y plantas con respecto a los actuales, pero también la heterogeneidad del ser humano. Un ejemplo: el modo de «comer». El trato entre ellos era «sacramental»; este término es posterior, pero indica, aunque sólo de lejos, su modo de comportarse. En todo caso esa atmósfera no era inhabitual o excepcional, sino corriente.

119

Por el texto del Libro del Génesis nos enteramos ocasionalmente de que los animales eran entonces diferentes. Así, «originariamente» la serpiente no se arrastraba sobre el vientre, sino que fue condenada a ello. No es que de eso haya que sacar la conclusión de que anteriormente caminase erguida; lo que ocurrió fue más bien que quedó desterrada, confinada, a una de sus posibilidades. Semejante a la tijera que empieza a cortar, ahora la serpiente puede también «morder el calcañal».

En sí el arrastrarse no es más vil que el caminar de pie, ni el veneno es peor que el medicamento. La diferencia no empieza hasta el momento en que se le exigió a lo perfecto una cualidad.

A primera vista puede parecer paradójico que lo perfecto no tenga cualidades. Es algo que afecta también al Paraíso, en la medida en que la poesía se las ha atribuido — esas cualidades, ciertamente, resultan indispensables para hacerse una idea de él. Tampoco puede tener lo perfecto una imagen contrapuesta, otra cara. La ideación del Infierno no habla en contra de Dante, pero sí define su lugar: *extra muros* de la Ciudad Eterna. En comparación con el Infierno, la descripción del Paraíso decae necesariamente.

120

En el arte es frecuente dar a la serpiente del Jardín del Edén la figura de un demon, de un «genio»; de su esencia forma parte el saber hablar. Aquí ha de pensarse en una comunicación que no ha menester ni de una lengua materna ni de un vocabulario — más aún, que apenas necesita del sonido articulado. Pudo ser un lenguaje del cual se ha conservado un eco en la música.

También el éxtasis introduce una disociación en el lenguaje: liberando a las palabras de su significado, revela su sentido. Es lo que ocurre en el milagro de Pentecostés de que habla el Nuevo Testamento. Es lícito considerar ese milagro como la parábola de una redención: el nombre propio queda borrado. Aparece Dioniso.

La comunicación se hace elemental, y ello no sólo entre los seres humanos. Un temblor precede a un estruendo como el del agua o a un soplo como el del viento e introduce el vaticinio. Así en Patmos; o en el capítulo 37 de Ezequiel, que cabe también leer como una revelación o apocalipsis en medio de un paisaje de horrores.

La conversación con la serpiente cabría concebirla más bien como un bisbiseo a una gran profundidad, muy cerca todavía del origen. Es el sueño angustioso del ser humano de estar a solas con la serpiente, allá muy abajo. Algo que sobrepasa los horrores de la tragedia.

121

A la serpiente le gustan las cercanías de los volcanes, las cuevas, los linderos del bosque. Lo numinoso que hay en ella produce espanto, y eso ocurre ya cuando sólo se habla de ello, ocurre ya allí donde sólo se lo sospecha. Eso diferencia a la serpiente de otras criaturas, incluso de criaturas más peligrosas: lo que ahí hay no es ya un animal, sino un repentino susto al posar el pie en el suelo, un giro en la semioscuridad. La serpiente hace referencia a una etapa temprana del camino.

Decir que el primer contacto con la serpiente posee un carácter moral es ya una interpretación mosaica. Cabe sospechar más bien una escisión que no presuponía valoraciones morales, sino que las hizo posibles. Poco a poco van distanciándose la culpa y la causa, que al principio son idénticas y que todavía en la tragedia se hallan estrechamente entrelazadas. Eso no pudo ocurrir hasta que no existió una sucesión. Antes hubo que poner en marcha el reloj.

122

La serpiente es vista con miedo y con recelo en todas partes, pero también es venerada en muchos lugares. Su satanización, asumida por los cristianos, hubo de ir precedida de un estado más compacto, que luego se abrió en abanico. Raras veces se oye a los Padres de la Iglesia decir algo objetivo o, no digamos, bueno acerca de la serpiente. También en eso es una excepción Orígenes. San Juan Crisóstomo dice que la serpiente sacrifica el cuerpo para salvar la cabeza. La libertad se compra con la muerte.

Los ataques a la moral cristiana van necesariamente unidos a la rehabilitación de la serpiente, desde los ofitas del siglo II hasta Nietzsche en el siglo XIX. Schiller elogia el «denominado pecado original» diciendo que fue «la primera osadía de la razón».

123

El problema es si en el Paraíso vivieron animales y plantas. En todo caso se les ha atribuido una potencia superior, ante todo la inmortalidad. Eso los independizaba del tiempo y por tanto de la procreación, la comida y la bebida entendidas en sentido trivial.

Depende del arbitrio de cada cual la noción de su esencia. Esa noción no sólo es diversa según las lenguas y según los climas, sino que está encomendada a la persona singular. Para ésta el fruto del Arbol del Conocimiento pudo ser una manzana o pudo ser también esa fresa que aparece en medio de los cuadros terroríficos del Bosco.

El regreso al origen acaba cuando se producen los primeros movimientos; éstos se adecuan a la representación más que las materias. En los frutos los movimientos son de naturaleza espiral, de cierre, se llega en ellos a redondeces perfectas. La serpiente natural se mueve con giros horizontales; la mítica, con giros verticales. Aún son idénticos el movimiento y la fuerza; ningún paso es en vano.

124

El mundo perfecto escapa a la representación. Algo de él tiene que filtrarse, sin embargo, pues de otro modo no sería posible ni pensarlo ni sentirlo ni, ante todo, echarlo de menos.

Es una carencia que resulta dolorosa; la sienten los animales y la sienten también las plantas, no con el saber, pero sí con el padecer. Es una carencia que atraviesa la historia y que se agrava con el nivel de los conocimientos.

Recuerdo haber leído en Hegel que «en sí» el animal continúa viviendo en el Paraíso. Es un pasaje difícil, también Delitzsch se ocupa de él — lo hace, al parecer, en son de crítica, aludiendo a ciertas ideas gnósticas. Por ejemplo, a aquella según la cual la descripción del Paraíso no pinta otra cosa que nuestro mundo cotidiano. «En sí» quiere decir «de suyo», «propiamente», y en esa acepción se emplea también con fines pedagógicos. «Propiamente quiso decir otra cosa», y «propiamente no es un mal muchacho.»

También el ser humano podría vivir en ese sentido en el Paraíso. En tal caso cambiaría de piso, pero no de casa, tras despojarse del vestido temporal. Ahí podría emerger una luz nueva. Algo de eso hubo de entrever Baudelaire cuando hizo en un par de páginas la descripción de *la chambre double*, a la que llama «su habitación paradisiaca». Ninguna obra de arte adorna aquel espacio; sería una blasfemia. Tampoco en Patmos vio san Juan ningún templo en la Ciudad Eterna. Dice Baudelaire:

«Eso que llamamos generalmente la vida no tiene nada en común, ni siquiera en su expansión más dichosa, con esta vida suprema que ahora estoy saboreando — minuto a minuto, segundo a segundo.
»¡No! No son ya minutos, no son ya segundos. El tiempo ha desaparecido, reina la eternidad».

125

Ese segundo que ha hecho feliz al poeta como recuerdo de tiempos antes vividos ha de dejar paso a la desesperación; inmediatamente después llama a la puerta la vida cotidiana con sus preocupaciones.

A Baudelaire no le habían faltado preocupaciones. El dice, sin embargo, que fue aquel segundo el «único» que tuvo como misión anunciarle una fausta noticia, «la buena nueva que otorga plenitud a cada uno, aunque también le causa al mismo tiempo un miedo inexplicable».

Ese segundo merece especial atención en unos tiempos en que se considera que es una hazaña espiritual infravalorar al pobre y despojarlo de la Buena Nueva. Frente a eso está la cuestión del segundo que eleva por encima de toda experiencia al poeta que se encuentra en su dudoso cuchitril.

Ese segundo forma parte del tiempo, aunque, desde luego, tan sólo por cuanto es «vivido» y por cuanto interrumpe cual un rayo el estado de somnolencia. Tal segundo encierra en sí un recuerdo o una esperanza o también acaso ambas cosas. Ha de hallarse muy cerca del origen — allí donde aún son posibles todas las cosas y el camino es inseparable de la meta. No ha comenzado todavía la sucesión; cual un arco tenso, el tiempo no posee aún dirección ni cualidad. Es un vacío en el cual encajan bien todas las formas de decurso — tanto el del segundero del reloj mecánico, que avanza a saltos, como el del reloj de arena por el que va deslizándose la arena del Sáhara; todo al mismo tiempo. También la carrera de la persona singular empieza y acaba ahí, y eso es algo de que cobra consciencia tanto en los momentos en que está sumergida en lo intemporal como en las horas del destino. Cada cual tiene su calendario propio y su muerte propia.

126

Ensalzar como eterna una obra es ciertamente exagerado, pero no carece de justificación. Un poema tiene larga vida en la medida en que el poeta experimentó un contacto transcendente. Eso rige para los documentos más antiguos y rige también para los de la Edad Moderna: la materia está impregnada. Por muy grandes que fueran la belleza y la agilidad de la serpiente que se deslizaba por el suelo, algo tuvo que agregarse para que se convirtiera en serpiente de bronce; tampoco podía obtenerse de balde la sal ática y mucho menos la ironía socrática.

Aun en el caso de que la obra de arte esté bien lograda, lo que le otorga duración no es el mundo con su belleza o sus horrores, ni es la sociedad con su virtud o sus vicios. Muchas obras de arte no duran más de un año y pocas son las que superan el escollo del cambio de estilo. Algo tuvo que agregarse, algo que escapaba a la intención — una imposición de manos que rozó los hombros, o el fugaz resplandor de un faro que rozó en la noche la frente. Cosas intemporales se repiten de manera sorprendente en el tiempo. Una vez más, a este respecto, Baudelaire:

> ¡Porque en verdad, Señor, el mejor testimonio
> Que podemos mostrar de nuestra dignidad
> Es este ardiente grito rodando en las edades
> Que va a morir al borde de vuestra eternidad!
> (*Les Phares*)*

127

Ese cuerno de la abundancia que es *Las mil y una noches* constituye uno de los grandes regalos hechos por Oriente al mundo, una inagotable fuente de consuelo y de goce. Ahí vislumbramos los movimientos que el desierto produce en la fantasía. El oasis es el jardín sin más. Rodea al Sinaí.

Ciertamente también la fantasía tiene sus límites. Hay noches en las que ya no basta ninguna afluencia de energía para mover la rueda del molino. La muerte desea que uno se aventure a ella.

---

* La traducción es de Antonio Martínez Sarrión. Véase Charles Baudelaire, *Las flores del mal* (Alianza, El libro de Bolsillo n.º 917, Madrid, 1990), pág. 24. *(N. del T.)*

128

Dentro de las historias Novalis otorga la primacía a «los cuentos y las poesías». También, a este respecto, Bacon: «La poesía da a la humanidad lo que la historia le niega».

En todo caso el poder que los cuentos otorgan al ser humano carece de límites. La superación del tiempo, el espacio y la causalidad es algo que encuentra su igual tan sólo en los sueños. Uno llega a la Luna más rápidamente que con una nave espacial e incluso que con un rayo de luz — y la Luna está viva. Los animales y también los objetos inanimados pueden hablar y oír; la mesa se cubre de manjares cuando se le ordena que lo haga. Es algo que apunta a una etapa temprana del viaje. El cuento pertenece a la infancia del ser humano; el mito, a la adolescencia. Los cuentos los narra la abuela; el mito, el padre que regresa de la guerra.

129

Ser felices sin trabajar es un sueño que todos tenemos. Ese deseo se cumple sin esfuerzo alguno. La fortuna colma de regalos preferentemente a quienes son pobres de espíritu y de riquezas y son también infantiles, como Aladino.

Raras veces llega sola una desgracia, y ello por buenas razones: la desgracia es contagiosa. También está entretejida con otras cosas — de ahí las rachas de mala suerte. Si uno tiene disgustos con su mujer, eso repercute también en su salud y en sus finanzas — esos tres bienes son interdependientes. Cuando aquí aprieta el zapato, no lo hace en un solo sitio.

Tomemos el caso de Maruf, el zapatero remendón, con cuyas aventuras concluye *Las mil y una noches*. Maruf era pobre, pero gozaba de buena reputación; ejercía su modesto oficio en la calle Roja de la parte occidental de El Cairo. Para su desgracia estaba casado con una mujer llamada Fátima que le hacía imposible la vida; seguro que lo insultaba cien veces al día.

«Cuando Maruf había ganado mucho dinero con su trabajo, tenía que gastarlo para su esposa; y cuando había ganado poco, ella descargaba su furia en el cuerpo de él por la noche del mismo día, de manera que su salud empeoró.»

Tales tribulaciones llegaron al colmo un día en que el dinero ganado por Maruf no alcanzaba ni para comprar pan. Pero Fátima le había pedido a su pobre marido un manjar que sólo los *effendis* son capaces de preparar. Uno de los ingredientes de ese manjar era miel especiada.

Maruf se echa a la calle a buscarlo. Por fin, tras dar muchas vueltas, logra encontrar a un pastelero que por compasión le entrega un trozo de aquella golosina — de todos modos, no lleva miel especiada, sino miel acaramelada, que sabe todavía mejor.

Tan pronto comprueba Fátima que no ha sido servida de acuerdo con sus deseos arroja a la cara de su marido el plato con todo lo que hay en él. Al mismo tiempo empieza a dar gritos, con lo que los vecinos acuden a la casa. La desgraciada no se contenta con aquello, sino que además presenta una querella contra Maruf ante tres caídes distintos, diciendo que su marido la ha maltratado. Cuando Maruf, agotado, vuelve de uno de los juzgados a casa, ya están allí aguardándolo a la puerta los esbirros del siguiente. La pérdida de tiempo y los costes del proceso acaban con Maruf, de tal manera que le son embargadas las hormas y las demás herramientas de su oficio — lo único que aquí puede procurar ayuda es la huida.

Maruf va de un lado para otro ante las puertas de la ciudad, por entre montículos de desperdicios, mientras es tal el aguacero que le cae encima que parece que estuvieran regándolo con mangueras. Por fin descubre un almacén ruinoso, y, en él, un cuarto sin puerta; allí se mete para sollozar y resguardarse de la lluvia.

130

Lo que se nos ha descrito hasta aquí es uno de esos casos más o menos lamentables que se dirimen también ante nuestros tribunales. Las cosas empiezan a ser de cuento cuando la pared de aquel cuarto se hiende y aparece un genio cuyo sosiego había sido turbado por los sollozos de Maruf. Este le cuenta sus desgracias al espíritu, que se compadece de él y hace entonces que monte en sus espaldas; tras un corto vuelo lo deposita en una ciudad que dista tanto de El Cairo que una caravana de camellos tardaría varios años en llegar a ella.

Allí Maruf se las da de ser un mercader asaltado por los beduinos, pero que ha conseguido escapar. Sin embargo, añade, su caravana, que iba cargada de grandes tesoros, no ha sufrido daños y llegará pronto a la ciudad. Con tales embustes obtiene préstamos, se hace rico e incluso se convierte en yerno del sultán. Pese a la credulidad de sus nuevos conciudadanos, cada día que pasa está más cerca el instante en que Maruf será desenmascarado como impostor y ejecutado. Puesto en el máximo aprieto, le cuenta la verdad a su esposa y con su ayuda logra huir, cuando ya estaban en camino los esbirros que iban a prenderlo.

El primer alto en su huida lo hace Maruf junto a un campo de labranza; es la hora del mediodía. Un labrador que está allí arando su tierra con dos bueyes lo ve entonces y piensa que aquel forastero cubierto de lujosos ropajes es uno de los mamelucos del sultán. Se ofrece a ir a la aldea en lugar de Maruf para procurarle comida a él y también pienso para su caballo.

Mientras Maruf está aguardando a la sombra de un árbol el regreso del labrador se le ocurre que ha distraído de sus labores a aquel pobre hombre; de ahí que tome el arado y aguijonee a los bueyes. Ya en el primer surco se paran éstos; y cuando Maruf dirige su mirada al arado descubre que ha quedado prendido en una anilla de oro: es el asidero de una placa de mármol del tamaño de una rueda de molino. A Maruf le cuesta bastante trabajo levantarla; al conseguirlo abre el acceso a una gruta de los tesoros, llena de oro, perlas y joyas.

Lo malo de todo hallazgo de tesoros es cómo adueñarse de ellos sin llamar la atención. Cuántas personas no han quedado ya aplastadas por su buena suerte. Nada es más peligroso que la riqueza sin poder. Pero Maruf no necesita temer nada de eso, pues al mismo tiempo es elevado a la dignidad de señor del anillo y así puede mover a su antojo los tesoros. Maruf era un hombre magníficamente aspectado.

Ese anillo es uno de los ingredientes predilectos de los cuentos; otorga un poder demónico, hace realidad los deseos como en sueños. Maruf descubre el anillo dentro de un estuche — es un anillo de sello en el cual están grabados ciertos signos. Cuando lo coge se le aparece el espíritu del anillo, que está dispuesto a hacer cualquier cosa y es capaz de hacerla. Al preguntarle Maruf su nombre, el espíritu le responde que es «el padre de todas las bienaventuranzas». Es el servidor del anillo y por ello está obligado a cumplir todos los deseos que tenga el dueño de éste — construir una ciudad o destruirla, matar a un rey o desviar el curso de un río.

En comparación con estas cosas el sacar a la faz de la tierra los tesoros representa un simple juego de niños. El espíritu no tiene necesidad de acudir a ninguno de sus poderosos vasallos; le basta con un número cualquiera de sus hijos. Da un grito y éstos aparecen. El padre transforma a unos en mamelucos, a otros en muleros, a otros en mulos. En un abrir y cerrar de ojos están enjaezados y cargados los animales, se ha congregado allí una caravana que hará el camino de noche y entrará en la ciudad a la mañana siguiente. Se adelantan a ella unos mensajeros a caballo, que darán la noticia al rey, a la esposa de Maruf y al pueblo y harán que sea engalanada para la fiesta la ciudad y estén dispuestas las tropas para recibir a la caravana. De hecho ésta realiza su entrada en la ciudad «con tal pompa que habría hecho reventar de envidia la vejiga de la hiel de un león».

131

Maruf es ahora un impostor legitimado. Oigamos cómo pasa la primera noche en su nuevo estado, mientras la caravana se dirige a la ciudad. Nos enteramos sólo de cosas deliciosas — le llevan doncellas que bailan en su presencia y tocan para él sus instrumentos; en resumen, aquélla fue, como dice el narrador, «una de esas noches que no se cuentan en la vida de los mortales».

Esta frase roza lo que constituye la clave de este y de otros cuentos del inagotable libro, en el que están ocultas pinturas del más allá. Resulta palpable la cercanía al Paraíso islámico y a sus delicias. Las características del Paraíso son la no dependencia ni del tiempo ni del espacio y los efectos causados inmediatamente — bien por fórmulas mágicas, bien por espíritus servidores.

Lo notable es que, pese a que se dispone de tanto poder, las cuentas, a lo que parece, no salen bien sino con muchas fatigas. En son de amenaza regresa el mago a Aladino y regresa a Maruf la horrible vieja que había sido su esposa en El Cairo. Uno de esos hijos de la fortuna es también Chawdar, el pescador; también él es, como Maruf, originario de El Cairo y también él posee el anillo mágico. Además disfruta de la alforja; no se necesita más que meter en ella la mano para sacar, como de un horno, manjares cualesquiera, los que Chawdar diga. Es algo que sobrepuja al país de Jauja. No obstante, unos malvados hermanos suyos despojan a Chawdar de sus bienes y lo venden como esclavo al capitán de un barco.

Las cosas vuelven a enderezarse al final y luego viene una felicidad de duración indefinida, cuyos pormenores no nos son descritos con mayor precisión. El narrador sale del apuro invocando a Alá o utilizando un giro parecido al que se usa en los cuentos alemanes: «Y si no se han muerto, entonces es que siguen vivos en el día de hoy».

También estos oasis están vistos desde el lado de acá del muro.

132

Los hijos de la fortuna son pobres de espíritu; de ahí que resulte comprensible que no se hallen a la altura del poder que afluye a ellos. En su poema *El aprendiz de brujo* describe Goethe a ese personaje. A diferencia de la «lámpara», la «escoba» es un instrumento mecánico. Concuerda con el ideal fáustico del *perpetuum mobile*. Cuando se logre la fisión nuclear podrán ocurrir desgracias como las descritas en el citado poema.

La lámpara de Aladino está al servicio de las comodidades personales, de aquellas de que uno disfruta sentado en el diván. La dinámica desempeña sólo el papel de acarreadora de objetos. Uno no reflexiona ni sobre cómo se construye una ciudad en una sola noche ni tampoco sobre cómo es llevado, también en una sola noche, de China a Marruecos. El dueño del anillo no se preocupa de la alfombra ni de su tejido; la extienden ante él.

133

La lámpara de Aladino es de cobre, acaso sólo de barro. Cuando se quiere que aparezca un poder más fuerte que el de la luz no se la enciende, sino que se la frota.

La lámpara nuestra es de uranio. Se extrae de los abismos un fuego nuevo. También en esto aparece la diferencia entre las expectativas eufóricas y las dinámicas. En el primer caso, una princesa y un palacio; en el segundo, energía y rendimientos, violencia plutónica.

134

Uno de los primeros servicios que el espíritu se ofrece a prestar es el de destruir una ciudad. El dueño del anillo rehúsa tal cosa. Prefiere un palacio con su princesa y su harén, sus cocinas y sus baños, su música y sus bailes. También prefiere ser yerno del sultán a ser sultán él mismo. Los hombres armados le sirven no tanto para guerrear cuanto para guardar las puertas. «Tampoco conoce la venganza.» Chawdar perdona incluso a sus hermanos, que lo habían vendido como esclavo.

Libra y Géminis tienen que ser favorables a individuos aspectados de ese modo. Más que por el trabajo, las riquezas afluyen a ellos por matrimonios y herencias. Casi siempre son hijos favoritos de sus padres, también son hombres vistos con agrado en las cortes de los príncipes. Parece incluso que los tiranos pueden prescindir difícilmente de ellos, sobre todo por las noches. Esas gentes viven de dineros públicos, de rentas, de puestos eclesiásticos y seculares que llevan títulos imponentes, pero que dan poco trabajo; son invitados de Mecenas y de los Médicis, tienen predilección por objetos selectos, muchachos, mujeres hermosas. Su nombre se conserva en la historia porque fueron amigos o favoritos de un personaje poderoso.

135

La ventura de Aladino consiste ante todo en no actuar. Es una persona bien aspectada. El mauritano se da cuenta, gracias a sus cálculos, de que aquel niño es el único que puede sacar a la faz de la tierra el tesoro. Interrumpe los juegos del muchacho y lo traslada a una dimensión diferente. También la no entrega de la lámpara al mauritano por parte de Aladino es un triunfo que se consigue no actuando.

Dueño de un poder sin límites, Aladino ordena que le lleven la princesa a su lecho. Podría alargar su mano hacia ella, pero se veta a sí mismo el tocarla; ha colocado su espada entre sí y la deseada.

Es un pasaje que se lee con agrado, y ello por dos razones que se contrapesan — en primer lugar, porque toca el nervio despótico que está oculto en cada uno de nosotros, y luego, porque participamos en el *eros* de la pura presencia. Eso podría durar mucho tiempo, permanecer así siempre — en las pirámides de las que habla De Quincey y en la playa de Orphid de la que habla Mörike, una eternidad. Entrevemos la atmósfera que reinaba en el primer jardín; pero también en nuestros jardines se ha conservado un soplo de eso. No sólo las flores, también los árboles sueñan los unos con los otros — lo hacen incluso aquellos que están muy separados entre sí tanto por su especie como por el lugar en que crecen. *Ein Fichtenbaum steht einsam* [Se alza un pino solitario] — Heine captó eso de manera genial. Turandot es intocable; su pretendiente tiene que aventurarse a la muerte.

Parábolas del primer jardín son también el áloe y la palmera que aparecen en la *Trost-Arie* [Aria de consolación] de Johann Christian Günther:

Endlich blüht die Aloe;
Endlich trägt der Palm-Baum Früchte:
Endlich schwindet Furcht und Weh;
Endlich wird der Schmerz zu nichte;
Endlich sieht man Freuden-Thal,
Endlich, endlich kommt einmahl.

[Por fin florece el áloe;
Por fin da frutos la palmera;
Por fin se esfuman el miedo y el sufrimiento;
Por fin queda aniquilado el dolor;
Por fin se ve el valle de la alegría,
Por fin, por fin esta vez llega.]

136

Los placeres prometidos por el Profeta son de naturaleza palpable. En el Cielo de los cristianos, por el contrario, ni los hombres tomarán mujer ni las mujeres tomarán marido. También podríamos suponer que en el Paraíso no se habla. Para entenderse no son menester palabras y ni siquiera música. Es cierto que están escritas las palabras que el Señor dice allí y lo que le responden nuestros primeros padres, pero esas cosas son traducciones hechas a este lado del muro del tiempo. También cabe suponer eso mismo de las conversaciones que Abraham sostiene ante Sodoma con el Dios de los pastores — conversaciones en las que Abraham discute con Dios y hasta le hace recriminaciones.

Ya en la vida cotidiana y en los sueños resultan notables esas transiciones. La persona que lee traduce a lenguaje el texto leído y lo recita en espíritu; los niños y las gentes sencillas mueven los labios cuando leen. Las cosas se hacen más complicadas cuando leemos un idioma extranjero o bien un escrito compuesto en parte por cifras. Asimismo leemos los signos de puntuación; damos un salto por encima de ellos.

Más extraños aún son el hablar y el oír que se dan en los sueños; aquí queda amortiguada la parte física, mientras la fantasía disfruta de un libre campo de actuación. (En este lugar podría también ponerse «porque» en vez de «mientras».) El hecho de que el durmiente empieze a hablar es un anuncio del despertar.

El oído interno es el que capta las grandes composiciones musicales; llegan de otro mundo.

137

La noción de la felicidad perfecta es manifiestamente difícil, más aún, imposible, igual que lo es la explicación satisfactoria de un texto con respecto al cual lo único que puede ofrecerse son interpretaciones. Los paraísos son proyecciones efectuadas desde un mundo que se mueve en el tiempo y que por ello es imperfecto; con frecuencia son además ingenuas. El cazador sueña con los «cazaderos eternos», el esquimal no quiere un paraíso sin focas. El einheria desea proseguir la guerra también en el más allá; sus heridas sanan cuando cae la noche, que él pasa sentado a la mesa de Odín y en brazos de walkirias vírgenes.

La escisión no queda, sin embargo, eliminada y es más profunda aún que en la vida; de especial predilección gozan las representaciones que imaginan los infiernos como refinadas salas de tortura, cosa en la cual rivalizan entre sí las religiones universales. Ninguna muerte liberará de esos tormentos.

Donde todavía cabe suponer la mejor comprensión de la tijera que no corta es entre los budistas.

138

Sólo a medias vive en este mundo el lector — con la otra mitad de sí vive en otro mundo, en un mundo diferente e incluso mejor. Hay personas que han pasado su vida entera en ese estado, y no es raro que las encontremos con un libro en la mano cuando llega la muerte a sorprenderlas. Es un buen tránsito.

«Los cuentos y las poesías» se mueven en un orden superior de aconteceres. La realidad atraviesa diversos grados, semejante en eso a la materia, que puede aparecer como sólida, como líquida, como gaseosa y que puede asimismo tornarse invisible.

La poesía lleva a un mundo de mayor libertad, donde también queda vencido lo imposible. El placer y el dolor son sentidos en una dimensión diferente; también el lector tiene su Olimpo. De ahí que el Aladino que reposa en el lecho junto a la princesa esté más cerca del mundo de la tijera que no corta que el insaciable Don Juan. La rosa amenaza con la espina.

El lector es un ser que necesita de ocio igual que necesita de aire para respirar; vive alejado de los negocios — *procul negotiis*. Si no encuentra ocio, se lo tomará — en cualquier circunstancia. Cuando los padres notan que en su hijo pequeño hay un lector digno de ese nombre esconden los libros, apagan las luces. No puede pasarles desapercibido que la participación del niño en la vida diaria va disminuyendo, que su laboriosidad, su atención e incluso su conducta marchan de mal en peor.

A la vez crece el impulso instintivo que lleva a emprender tanto excursiones ideales como excursiones fantásticas. Ese impulso echa raíces en la vida cotidiana; pone en peligro el mundo real. La *chambre double* se amuebla con los objetos pertinentes.

El poema establece marcas que no son alcanzadas en la vida. En diversos niveles amenaza el destino de Hamlet.

139

No sólo existe un instinto de conservación vital, también hay un instinto de conservación ideal, que pone límites al acercamiento. Este no puede aproximarse demasiado. También ha de haber instancias desde cuya esfera es visto como un robo o como una insolencia. En todos los niveles, hasta en la más liviana transgresión de la norma, se exige en cualquier caso un peaje o una multa.

Hölderlin: *Einmal lebt ich wie Götter* [En un tiempo viví como los dioses] — ¿se había pagado ya ahí el óbolo? Hay guardianes de puertas que son feos. De la luz, que ilumina, separa la llama, que quema. Van Gogh vio más cosas de las que le estaba permitido ver — en su girasol y en sus cipreses vio la zarza en llamas. Vio la luz como pintor, igual que Novalis vio la noche como poeta. Ahí no se da ya separación.

140

Semejantes a la capa de ozono, los misterios otorgan a la vida protección contra un ardor demasiado vivo. La visión directa de la belleza despojaría de lenguaje al espíritu, amenazaría con la muerte al cuerpo. Las propias obras de arte, cuando se acercan a lo perfecto, provocan un instante de aturdimiento, una sensación de vértigo, como el que se tiene en un acantilado o en una pared muy alta. Platen:

Wer die Schönheit angeschaut mit Augen
Ist dem Tode schon anheimgegeben...

[Quien ha visto con sus ojos la belleza
Ya ha dejado su suerte en manos de la muerte...]

Cuando el emir Musa llegó a la Ciudad de Latón, tras haber cruzado el desierto con su caravana, la encontró rodeada de una muralla de basalto de ochenta codos de altura y cerrada por veinticinco puertas; ninguna de ellas era visible desde fuera, pues las murallas parecían hechas de hierro fundido en una sola pieza.

El emir ordenó construir una escala e hizo un llamamiento a los exploradores que quisieran ascender por ella — se presentó uno: «Yo subiré, oh emir, y luego bajaré y abriré la puerta». Pero aquel hombre, cuando llegó arriba del todo, se enderezó, miró fijamente la ciudad, batió palmas con las manos y gritó lo más fuerte que pudo: «¡Eres bella!». Luego se arrojó desde lo alto y su piel y sus huesos quedaron destrozados. El emir dijo: «Si un hombre sensato actúa así, ¿qué no hará un insensato?».

Once más fueron los exploradores que tras el primero corrieron su misma suerte, hasta que un profeta logró romper el maleficio.

Nos detendremos en este punto del texto, que constituye una ilustración de la poesía de Platen. Al lado de la consabida pregunta de qué libros se llevaría uno a una isla desierta cabría poner esta otra: qué libros seleccionaría antes de abandonarla para siempre. «Prohíbe tú al gusano de seda que hile...»

141

También cabe concebir la existencia del lector como un proceso de conversión en crisálida, como un estado intermedio en el cual se introduce como si se encerrara en un capullo fabricado por él mismo. El lector vive en su *chambre double*, que sólo abandona para ocuparse de las cosas más necesarias, pero prefiere pasar hambre a no leer. Su «estar aquí», su presencia, se parece a un sueño hibernal iluminado — especialmente cuando posee «bienes heredados», como recomienda la Biblia. Eso fue lo que hizo Schopenhauer; y todavía hoy nos es dado participar de su ocio.

Hay de todos modos una tentación que acecha y que consiste en trasladar al mundo las dimensiones adquiridas allí — es algo que empieza ya con el «jugar a los indios» del muchacho que se entusiasmó con Winnetou. El lector no quiere ni obrar ni pensar ni tampoco tomar partido de ninguna de las maneras, tampoco de manera moral; lleva una regalada vida en la pura contemplación intuitiva. En niveles altos el lector es superior incluso al héroe, pues éste tiene necesidad de que el poeta le otorgue su bendición, tiene necesidad de Homero.

Una versión más floja del lector ideal es el estudioso en su cuarto de trabajo. También aquí hay libros, pero la intención de conseguir algo es más fuerte; crece el desasosiego. El investigador está vuelto al Arbol del Conocimiento; el lector, al Arbol de la Vida. El uno quiere saber, el otro recibe.

El impulso instintivo fáustico es de naturaleza tantálica. Se mueve en círculo, pero «el mundo de los espíritus» le está cerrado. Insiste en llegar a él, para saciarse, aunque lo único que aparezca sea un Mefistófeles. Se ha abierto la pared de la cárcel — con ello se evita de todos modos uno de los peligros posibles en el camino del conocimiento: el banco de arena de la exactitud mágica. El punto conclusivo a que llegaría el progreso sería un sistema de insectos en un nivel elevado; el progreso quedaría anclado en ese nivel. Eso podría durar mucho tiempo; Huxley da una idea de ello. Fausto ve el peligro:

Könnt ich Magie von meinem Pfad entfernen,
Die Zaubersprüche ganz und gar verlernen...

[Ah, si pudiera alejar de mi senda la magia,
olvidar por entero los conjuros aprendidos...]*

Ya las fórmulas que transmutan la materia en poder se asemejan mucho a los conjuros mágicos, los sobrepujan incluso.

---

* En *Radiaciones I*, edición mencionada, pág. 14, E. Jünger cita estos mismos versos, de los que dice que «contienen también una oración, como tantos otros de Goethe». *(N. del T.)*

143

El siglo XIX fue, sobre todo en su segunda mitad, el gran momento de los catedráticos de universidad: causa asombro la cantidad de patrones que entonces se fabricaron bajo la capa de un orden burgués que conocía sus límites. También a Marx hay que ponerlo entre esos catedráticos de universidad. No hay ahí nada que sea superior a la fundamentación científica.

Notable es la celeridad con que fueron integrados el vapor y la electricidad, sin los cuales había venido arreglándoselas durante milenios el ser humano. Pronto quedarían rebasadas las utopías más audaces. Visto desde hoy, el investigador de entonces parece un personaje modesto; es evidente que ha causado más efectos de los que pretendía. El descubrimiento de Röntgen (1845) dio la señal para el tránsito de la Edad del Hierro a la Edad de la Radiación. Una nueva edad, anunciada por astrólogos y profetas, empieza a forjarse su propia panoplia.

144

El soldado que está de guardia no tiene a su disposición piezas de artillería pesada; donde se discute sobre el valor que tiene el edificio no es en los pisos intermedios. Ese asunto habría que tratarlo o bien en los cimientos o bien en las azoteas.

La teoría de Darwin, por poner un ejemplo, no

plantea ningún problema teológico. Ya el significado enorme que se otorga en ella al tiempo como factor productivo hace ociosas tales cuestiones. La evolución trascurre en el tiempo; la creación, por el contrario, no sólo es independiente del tiempo, sino que es su presupuesto. Por tanto, si se crea un mundo, con él se proporciona también la evolución; se extiende la alfombra y ésta echa a rodar con sus dibujos. Lo que no deja de ser prodigioso es que en el tejido, con sus imágenes grandes y pequeñas, las cosas casen bien unas con otras — o digámoslo de manera más precavida: sería posible considerar que casan bien. Cuando surge un movimiento alrededor de un punto, a causa de la caída de una piedra al agua, por ejemplo, de ello se siguen conexiones entre todos los radios y todas las ondas, conexiones que, entre otras cosas, son también calculables. Tal cosa incluye asimismo una onda cristalina, entre las innumerables ondas posibles.

Darwin se parece a un viajero que en una estación ferroviaria o en un aeropuerto estudiase los horarios y se maravillase de la concordancia que se da entre ellos. Lo que con ese estupor suyo hace es aferrar una punta del vestido, barruntar un soplo del misterio. La conexión entre las especies realizada por Darwin es merecedora de la admiración que le han tributado tanto los investigadores como los legos. La hazaña de Darwin es comparable a la de Gutenberg: en un caso se dio movilidad a las especies, en el otro, a las letras.

Ambos sistemas se hallan íntimamente ligados a su tiempo, para ambos están anunciándose órdenes nuevos. Si tomamos con toda seriedad la palabra «orden», ninguna novedad deja de ser una ordenación.

145

Sobre la epifanía. Donde se discute también acerca de la realidad de las apariciones, y en especial acerca de su historicidad, es en los pisos intermedios. Los niveles medios de la percepción están excluidos de la gran iluminación; más abajo las cosas empiezan a ponerse inquietantes. Mucho más frecuente que la espiritualización, que libera del miedo, es el aumento de la sensibilidad, que lo hace crecer. De ahí que casi siempre que se habla de apariciones se piense en espíritus y fantasmas. Ya sería hora, en todo caso, de que los dioses volvieran a salir alguna vez de su reserva. Hay expectativas de eso, y no sólo entre los afiliados a sectas.

146

«De ahí, oh rey Agripa, que yo no fuese incrédulo de la aparición celestial.» Palabras pronunciadas por san Pablo — están dichas con cautela, pues comparecía ante un tribunal. También podría haber invocado a los testigos que en el camino de Damasco vieron con él una luz «que era más brillante que el resplandor del Sol»; aunque ellos no habían oído la voz.

Las apariciones pueden aceptarse o pueden combatirse — es lo que hacen alternativamente los diversos cleros, en especial los monoteístas. Lo que no cabe es ignorarlas. Eso estaría en contradicción con el enorme efecto que causan, como la del Sinaí o la del camino de Damasco. Llegan sin que se las aguarde, son independientes del tiempo; pero instauran tiempo, y lo instauran no sólo para los Estados, sino también para las culturas y más allá de ellas. La cuestión de si es posible dar una demostración histórica de las apariciones, de si en absoluto acontecieron, no tiene nada que ver con eso.

Las tentativas de introducir un calendario nuevo en relación con revoluciones políticas fracasaron al poco tiempo. También se plantea la cuestión de si los titanes aportan la sustancia necesaria para ello. Un ejemplo sería que la Figura del Trabajador * implantase con la ayuda de la técnica un tiempo mundial. En cuanto lenguaje mundial la técnica reclama una medición planetaria del tiempo, más aún, su medición cósmica. Hay relojes nuevos que están sometiendo la Tierra a un interrogatorio más radical.

La creación crea tiempo. Los dioses instauran tiempo; los titanes lo alargan o lo acortan, igual que hace Procustes en su fonda con los huéspedes. Las festividades, que decaen sin la presencia divina, perduran como piedra de toque.

---

* La «Figura del Trabajador» es el tema tratado por E. Jünger en su obra *El Trabajador. Dominio y figura* (Tusquets Editores, n.º 11 de la colección Ensayo, Barcelona, 1990). *(N. del T.)*

147

También la famosa frase de la Primera Epístola a los Corintios: «Ahora vemos por medio de espejo en enigma; pero después, cara a cara», alude a las insuficiencias del tiempo. Se compara el «ahora» con el «después» y se lo contrapone a él. Dos perspectivas: «ahora», aquende el muro del tiempo; «después», allende el muro del tiempo.*

El mencionado pasaje ha provocado numerosas interpretaciones. Una observación a este respecto sobre la «interpretación». Lo que importa en los escritos sagrados o tenidos por tales no es tanto entenderlos cuanto entenderse con ellos, lograr un contacto íntimo. Ese contacto es lo decisivo, y da igual que un determinado pasaje sea leído por Goethe, Hamann, Jakob Böhme, o que sea deletreado por un jornalero en su lecho de enfermo. San Agustín llega a declarar que la oscuridad de una sentencia divina es útil «en la medida en que, al ser entendida por uno de una manera y por otro de otra, produce y saca a luz varias opiniones verdaderas».

También pueden citarse a este respecto las palabras de Goethe con ocasión de su lectura del Libro del Génesis; con ella intentaba «iniciarse en la situación del mundo primitivo»:

«Sea, pues, cosa de cada cual investigar lo íntimo, lo propio de un escrito que nos agrada especialmente, y en ello ante todo indagar la relación que

---

* En *Radiaciones II*, pág. 489, puede verse un análisis de esta frase de san Pablo, que tanto ha dado que pensar a E. Jünger. *(N. del T.)*

tiene con nuestra propia intimidad y el grado en que esa fuerza vital estimula y fecunda la nuestra. Déjese, por el contrario, a la crítica todo lo externo, lo que no causa efecto en nosotros o está sujeto a duda, pues aunque la crítica fuera capaz de fraccionar el conjunto y desmenuzarlo, jamás conseguiría arrebatarnos el verdadero fondo a que nosotros nos aferramos, más aún, no podría hacernos dudar ni por un instante de la confianza que hemos cobrado en ello».

Goethe dice eso en *Poesía y verdad*. En ese contexto habla también extensamente de Hamann y de su relación con él.

La fuerza revolucionaria de la Palabra muéstrase asimismo en que, menos entendida que captada, la reclaman los de abajo y la cosen a sus banderas, como ocurrió en Alemania durante las guerras de los campesinos y como está ocurriendo actualmente en Irán.

148

Volvamos a san Pablo. El vocablo «enigma» es común al griego y al latín y significa lo misterioso, la alusión oscura. Es el «en sí» de Kant. También puede ser tachado de «enigmático» lo que resulta demasiado oscuro; no es de extrañar que Cicerón emplease la palabra en esa acepción.

Entre el vocablo griego y el latino no hay, pues, diferencia. En cambio los traductores a otras lenguas disponen de espacio libre para moverse. Martín Lutero, en su traducción alemana, escogió para traducir «enigma» la expresión *dunkles Wort* [palabra oscura]. Y su versión del pasaje paulino antes citado es la siguiente. *Wir sehen jetzt durch einen Spiegel in einem dunklen Wort, dann aber von Angesicht zu Angesicht* [ahora vemos por medio de un espejo en una palabra oscura; pero después, cara a cara].

La posición de este vidente es sin la menor duda la de un lector absorto en lo que lee. El hecho de que está leyendo cabe inferirlo de la circunstancia de que no oye la palabra, sino que la ve. El *aber* [pero] que viene a continuación subraya que sólo de manera imperfecta, «fragmentaria», se logra la interpretación. La interpretación se logrará, y estará de sobra, detrás del espejo, cara a cara, pero no delante del espejo, no en el tiempo. Al propio Moisés sólo se le permitió ver «la espalda» del Señor.

Este pasaje es también difícil por cuanto en él se entreveran impresiones ópticas con impresiones acústicas: «ver por medio de un espejo» se entrevera con «en una palabra oscura». Por otro lado, la fuerza no repartida se acrecienta.

149

San Pablo y, ya antes de él, Platón, en la parábola de la caverna, se limitan a la visión. Encerrado en su cuerpo como en una caverna, el ser humano percibe únicamente las sombras de lo perfecto, que caen desde fuera como a través de una reja.

Aunque san Pablo dominaba muy bien el griego, faltan indicaciones de que conociese la obra de

Platón, pese al parentesco espiritual que hay entre ellos. Es posible de todos modos que hasta él se filtrasen muchas cosas, especialmente durante sus años jóvenes, pasados en Tarso, en la diáspora. Platón, y esto está relacionado con lo que acaba de insinuarse, se integró ya muy pronto en un estrato de pensamiento colectivo y anónimo, del cual resucita una y otra vez con su nombre propio, hasta llegar a Nietzsche, Husserl, Heidegger.

En los Padres de la Iglesia se encuentran pasajes en los que el platonismo parece introducido como una droga, de contrabando. En una ocasión habla Hamann, en un contexto diferente, de una «sal no santa de contrabando»; era una manera irónica de expresarse para zaherir al «bendito Zinzendorf». En el Mago del Norte podría haber ahí una de esas motivaciones que no raras veces menoscaban la tolerancia cristiana: la envidia entre los dispensadores de euforia. Se hace de la Buena Nueva un monopolio. Por cierto que en este punto san Agustín fue más generoso, ya que admitió que la concepción platónica acerca de la resurrección estaba cerca de la cristiana.

De una carta escrita por Herder a Hamann, desde Weimar a Königsberg, en una depresión profunda: «Nos rodea la noche, querido Hamann, ruega a Dios que ponga fin a ella y que, cosa que sin duda hará, brille en la luz. Cuando mis ojos sean claros lo será también mi estilo; ¡este estilo mío de ahora no es testimonio de otra cosa que de mi modo de pensar, torpe, desigual, perezoso, ineficaz y lleno de imágenes (*velut aegri somnia* [como sueños de un enfermo] en la caverna de Platón)! Adiós, fiel, querido Sileno, Pan y Orfeo. El 11 de febrero de 1775, en una profunda caverna».

150

Con la caverna de Platón y el espejo de san Pablo se nos han trasmitido dos modelos en los que se interpenetran casi sin solución de continuidad el sentir humano y la transcendencia; ambos modelos llevan muy cerca del origen. De ahí que, en el camino de vuelta, avancen hasta muy cerca del muro, cuando ya hace mucho tiempo que quedó en el camino el equipaje principal. Esas imágenes proporcionan, con todo, grandes ayudas ya en la vida, como lo muestra la citada carta de Herder al Mago del Norte.

151

Una cuestión disputada de antiguo es la de si pueden ocurrir simultáneamente, en lugares muy distantes los unos de los otros, ciertos procesos que no guardan entre sí ninguna relación causal. Los astrólogos darán a eso una respuesta afirmativa.

¿Nace en el arte un estilo porque está en el aire, o se lo imponen a la sociedad unos espíritus geniales? Podemos omitir aquí la respuesta a esa pregunta; lo que da que pensar es el decurso simultáneo de sucesiones de estilos en Europa y en Asia oriental. Una zona fronteriza es la investigación sobre los hermanos gemelos. Si dos gemelos contraen al mismo tiempo una enfermedad rara es posible aducir razones justificativas de ello, aunque los genes son nada más que una etapa intermedia. Ahora bien, la cuestión adquiere mayor dificultad si uno de los hermanos se compra en Europa y al mismo tiempo el otro se compra en Australia un perro de la misma raza y ambos les ponen el mismo nombre — pese a haber crecido separados.

Me gusta volver a la relación erótica entre los insectos y las flores. La inagotable multiplicidad con que los órganos se ajustan entre sí permite sacar la conclusión de que lo que ahí se da no es tanto una evolución cuanto una idea que enciende la chispa. ¿Por qué participan en eso también las aves y los murciélagos? He ahí un problema que al propio Darwin le resultaría difícil solucionar. Este género de metamorfosis conviene mejor al territorio de Dafne.

Febo siente cómo, bajo la corteza, sigue palpitando el corazón de su amada transformada en laurel. Y dice el dios:

> Pues que mujer no puedes ser ya mía,
> serás, Laurel, mi árbol para siempre.
> (Ovidio, *Metamorfosis*)

152

Metamorfosis. También el problema de si el hombre apareció como *homo sapiens* en uno o en varios lugares de la Tierra es, a lo que parece, una cuestión disputada incluso entre los especialistas. En este aspecto resulta sospechosa la medida en que cabe sincronizar planetariamente la utilización de ciertos materiales de construcción y el empleo de ciertos procedimientos, como por ejemplo la escritura.

Nuestra técnica tiene su origen en Occidente. Insólita resulta su difusión fulminante, que comienza a finales de la Edad de Hierro. El vapor, la electricidad, la radiación — los pasos se hacen temporalmente más cortos, pero son más poderosos, avanzan en progresión geométrica. Eso no es ya «progreso».

A la acción titánica le corresponde una «aceptación» universal, para utilizar una palabra que ahora está de moda. No tiene necesidad ni de misioneros ni de traficantes de perlas de cristal; encuentra un voraz asentimiento entre los pueblos más apartados y entre los niños que apenas saben andar.

153

Los titanes actúan y padecen en el tiempo y con el tiempo. Como antes se dijo, lo acortan y lo alargan. El movimiento se hace cada vez más preciso y a la vez gira sin fin; los ruidos se convierten en una tortura y a la vez en una amenaza. Las noches están pidiendo un Bosco. Quien entra en esta posada queda afectado por todo lo que en ella ocurre. A eso corresponde la esperanza de que alguna vez quedemos liberados de la posada de este mundo, de que estemos en ella sólo en calidad de huéspedes.

La concepción schopenhaueriana de la voluntad ciega como principio motor es válida para el mundo titánico. Schopenhauer conoce ese mundo, Nietzsche lo afirma. No puede dejar de ocurrir que ambos padezcan bajo él.

154

En los días en que estoy redactando esta parte del libro ha producido un gran revuelo un texto titulado *La hora más difícil de Schopenhauer* — se trata de una breve página que ha dado que pensar a los amigos del muy apreciado filósofo.

De esa página, esta cita como muestra:

«Ahora me inclino a pensar, o, por mejor decir, a figurarme que no cabe explicar la oscuridad y la falta de fundamento de la vida diciendo que en sí la esencia íntima es únicamente voluntad exenta de conocimiento, sino que eso es algo que aparece así sólo a nosotros y a nuestra manera de conocer — que la oscuridad, por tanto, no es una oscuridad absoluta y originaria, sino sólo una oscuridad relativa...».

Pronto ha quedado en evidencia que se trata de una hábil falsificación: ese texto, se decía, había sido descubierto al parecer en Viena y el filósofo lo habría escrito durante una noche de tribulación poco antes de morir. Yo he de confesar que en un primer momento me pareció digna de crédito esa atmósfera de purgatorio. Muchos admiradores de la obra principal de Schopenhauer han aguardado que en su conclusión hubiera un consuelo mejor que ese de que «al final nada queda de nuestro mundo real, con sus soles y sus vías lácteas». Es cierto que al lado de «el mundo como voluntad» se pone allí «el mundo como representación» e incluso se lo prefiere; pero la voluntad continúa siendo «la cosa en sí». (En vez de «representación» podría también decirse «intuición» — e incluso «veneración».)

Con respecto a la voluntad ciega es preciso tener en cuenta una objeción que tampoco dejó de hacérsele a Darwin. ¿Cómo es que de un montón de piedras arrojadas al azar puede surgir un palacio? Esto no habla en contra de la hazaña de Schopenhauer: la contemplación del mundo titánico y la afirmación del espíritu en ese mundo. El ser humano en el bote de Hokusai.

Quien describe un combate o incluso una batalla decisiva no está obligado a integrar en su descripción la entera campaña bélica. Eso podría hacer superficial la óptica — aun. prescindiendo de que ésta ha experimentado entretanto variaciones. A este respecto, una observación al margen: podría haber oro en polvo escondido en cada piedra, en cada guijarro.

155

Nietzsche capta ya el mundo titánico con una cercanía mayor — no de una manera más consciente que Schopenhauer, pero sí de una manera más instintiva; él es el campeón de ese mundo, participa en él. No lo mira con ojos pesimistas, sino que lo afirma como profeta. Para él la voluntad no es ciega, sino que tiene metas; pronto se supo del parentesco que había entre el superhombre y Prometeo.

El nuevo advenimiento de los titanes, siempre al acecho desde el derrocamiento de Crono, tiene dos premisas: los dioses han de retirarse y el reloj del mundo ha de modificar su marcha. Es preciso retrasarlo hasta aquel bienestar de la Edad de Oro que Hesíodo describe. De ahí esa valoración del tiempo que hace Nietzsche, valoración intensa y a menudo sorprendente, aunque de ello descontemos su ajuste de cuentas con Kant. Para Nietzsche el espacio y la causalidad están sometidos a la representación, mientras que el tiempo es absoluto. Este modo de ver las cosas tiene su remate en la doctrina del eterno retorno. En ella triunfa el tiempo titánico. La eternidad es infinita — — — la vida en el mundo divino, paradisiaco, es, en cambio, intemporal. Tanto en un sitio como en otro se aguarda una felicidad excelsa — en un sitio aquende el muro del tiempo, en el otro allende ese muro. Si nos acercamos a esta posición pierden sus aristas y se redondean muchas de las cosas que hay en la obra y en la vida de Nietzsche. Dioniso actúa aquí no tanto como un dios cuanto como un titán. De hecho también hoy su poder, aunque esté corrompido, sigue inquebrantado. Tampoco es apolínea la veneración que se rinde al «gran astro»; a quien se venera es a Hiperión y a su hijo Helio. Esta clave permite concertar la armonía y las disonancias que hubo en la relación de Nietzsche con Wagner.

156

Nietzsche habla también, de todos modos, en un pasaje importante, de «intemporalidad»:

«Vosotros opináis que tendréis una calma prolongada hasta que renazcáis — ¡pero no os engañéis! Entre el instante postrero de la consciencia y el primer brillo de la nueva vida no hay tiempo — pasa rápido como un relámpago, aunque criaturas vivas lo midan por billones de años y aun sean incapaces de medirlo. Tan pronto como desaparece el intelecto compadécense entre sí la intemporalidad y la sucesión».

Hasta aquí la cita, que merece ser incorporada al catecismo de la era atómica, como vademécum para el sector en que se vuelve angosto el camino.

157

El automatismo, algo que a primera vista molesta en el eterno retorno, es superficial; no hace justicia a la imagen. Desde la posición de la técnica a que entretanto hemos llegado ese automatismo se torna incluso evidente. En un calendario que fuese absoluto, es decir, que girase a una velocidad superior a la de la luz, el instante se tornaría estable. Contemplándolo por la diminuta rendija de la existencia humana, en él conocemos lo necesario, lo irrefutable, lo eterno. Visto cinematográficamente, el segundo, dándose alcance a sí mismo, queda confirmado en su rango inquebrantable. También se imparte la absolución a sí mismo.

Una comparación sacada de la técnica — es decir, un espejismo, un reflejo previo. Pero: «También aquí hay dioses»; palabras de Heraclito junto al fogón.

El cinematógrafo (Nietzsche nació en 1844; Ottomar Anschütz, en 1846) ha traído una dimensión nueva a nuestra vida. Quizá lo único que ha hecho ha sido activar una dimensión que siempre estuvo ahí. El unicornio de tierra sale al claro del bosque. Si consideramos la electrificación como una emanación espiritual, entonces la afluencia de imágenes y sonidos pasa a ser un efecto secundario. La composición recibe *un* texto entre los muchos posibles. Ese texto puede ser sustituido por imágenes o por música, y ésta, por ritmos sin más. Lo que ante todo resulta eficaz es la iluminación indiferenciada.

A lo eléctrico le corresponde una difusión planetaria. El ágora se hace cosmopolita y es posible dirigirle la palabra en cuestión de segundos. Este desarrollo justificaría la predicción spengleriana del cesarismo, pero va más allá de eso. Las señales que emitimos no son sólo de naturaleza planetaria; son de naturaleza cósmica y se extienden más allá del sistema solar. No sabemos adónde llegan.

Una revolución telúrica viene a dejar en la sombra a la revolución mundial; ésta es acaso nada más que una parte de aquélla. Hacia las consecuencias que de eso se siguen la consciencia política va adelantándose sólo con titubeos y tanteos, y no tanto conociéndolas, sino más bien asustada por ellas. Si quiere hablarse de retorno, sólo en parte resultan suficientes las experiencias procedentes de la historia, como el cesarismo; el camino lleva a sectores del Zodiaco que aún no han «aparecido». Ciertas formas de equilibrio ensayadas durante milenios, como las guerras y las migraciones de pueblos, siguen pareciéndose, pero ya no son las mismas.

A la vista de las dimensiones nuevas lo que hace falta es buena voluntad: odres viejos para vino nuevo — de lo cual no hay que derivar ningún reproche. De ello se cuidó Nietzsche. Pero: «En tu caso no se trata ya de una úlcera marginal». Palabras de Hipócrates a un hombre consumido por la tisis que le mostraba su mano.

159

Es cierto que en el cinematógrafo el circo está más limpio, pero la violencia se halla presente. Es lo que ocurre en las populares «películas del Oeste», donde la gente monta todavía a caballo, y en las cintas de crímenes. La violencia se hace *live* en el telediario. A veces no es posible excluir la sospecha de que se disponen o encargan crímenes. La moral es distinta de la que reina en el escenario clásico — tanto en un sitio como en el otro sale ganando el juego si se respeta la separación.

160

Schiller no dijo en sus lecciones que el teatro es «una institución moral», lo que dijo fue que él lo «contempla» de ese modo; su intención era pedagógica, de acuerdo con su *Don Carlos* y con el *Natán*, de Lessing. Schiller era consciente, claro está, de que el espectáculo transciende a la sociedad por arriba y por abajo. De ahí que terminase sus consideraciones diciendo no que conducían a ser un hombre «mejor», sino a ser sencillamente «un hombre» (Mannheim, 1784; *La flauta mágica*, 1791).

Si el «hombre de la masa» de que habla Poe, y al que también cabría calificar de «Tántalo de la masa», se moviese antes de medianoche por los vestíbulos de los teatros y se detuviera en las puertas de salida de los cines, podría leer en los rostros de los espectadores los efectos con que las representaciones modifican, según su especie y su rango, el espíritu.

161

El cine está creándole al Estado mundial* su foro y su tribuna; es su preparación. Ciertas diferencias del Estado mundial con respecto al cesarismo cabe aclararlas teniendo en cuenta el progreso técnico. Un ejemplo: la diferencia de la ubicuidad — es decir: la presencia de Augusto, o como quiera llamársele, en todos los lugares, cualesquiera que sean; en el atrio del templo de Jerusalén, por poner un caso. Si se cuestionaba esa presencia, la noti-

---

* *El Estado mundial* es el título de un ensayo de Jünger. En *El Trabajador*, edición citada, pág. 293, puede verse un comentario de Jünger a ese escrito suyo. *(N. del T.)*

cia tardaba semanas en ser llevada a Roma, bien por mensajeros a caballo que iban relevándose, bien por correos que hacían el viaje en barco. Esa fue también la razón de que se postergase el juicio de san Pablo. Hoy la sentencia se le habría notificado en cuestión de segundos, se encontrase donde se encontrase. Un ejemplo actual: la sentencia de muerte, por causa de una blasfemia, dictada en estos días por nuestro Profeta persa.

162

Al comparar el cine con el circo romano es preciso tener en cuenta la ampliación que ha experimentado el concepto de «juego». Es considerable el tiempo que a él consagran diariamente incluso los niños, y ese tiempo irá aumentando cada vez más.

«Televisión» no significa ya participar simplemente en el espectáculo clásico. Incluye noticias y comentarios sobre ellas, incluye anuncios, viajes a países extranjeros, excursiones a la Luna y al fondo de los mares, incluye también una síntesis panorámica de las artes y de las ciencias, en resumen: todo un cosmos. Uno puede seleccionar el programa a su antojo, pero la atmósfera que reina en todos ellos es muy similar; eso ocurre incluso en el «programa religioso» y en los elogios que se difunden, y no sólo en los referidos a los productos alimenticios. Igual que otras actividades modernas, así el fumar, el volar, el conducir un automóvil, esa atmósfera puede llevar a una euforia en la que se funden el negocio, la ocupación y el simple pasar el rato.

También aquí causa estupor la brevedad cada vez mayor de los pasos del desarrollo — desde la *camera obscura*, pasando por la fotografía y el cinematógrafo, hasta la televisión. Cabe aguardar el tránsito a la tercera dimensión; entonces las cosas empezarán a ponerse inquietantes.

163

Para asistir a los espectáculos del circo romano no había más remedio que acudir allí; hoy es el propio circo el que viene a nuestra casa. Uno aprieta el botón — más o menos como abre el grifo antes de que el agua empiece a correr ruidosamente. En el circo romano aparecían elefantes y también gladiadores negros; hoy puede uno recrearse viendo pingüinos y osos blancos mientras cruza en avión el Sáhara.

En el circo romano se veía al César en su tribuna; hoy el César viene a nuestra casa y pronuncia un discurso. Este «César» es todavía uno entre varios, pero la «edad de los Estados en lucha» está llegando a su fin. Hay ya en las ciudades ciertas horas durante las cuales, mientras aparece en la pantalla uno de los poderosos o uno de los favoritos de este mundo, casi no se ve a nadie por las calles — quizás un par de solitarios o un Tertuliano moderno.

164

Las imágenes son más eficaces que las palabras; no necesitan ser traducidas y actúan de manera directa. Un perseguido no se lamenta de sus sufrimientos; exhibe sus heridas. Eso es algo que estigmatiza.

La enorme afluencia de imágenes favorece un nuevo analfabetismo. La escritura es sustituida por signos; es observable una decadencia de la ortografía. La consecuencia que de ello se sigue es una vulgarización de la gramática.

Por otra parte los «escribas», los expertos en la escritura, por escaso que sea su número, se vuelven aún más indispensables de lo que lo fueron en la Antigüedad y hasta los tiempos de Lutero — y no sólo en el campo de la política y la cultura, sino más todavía en el terreno del culto. En esto no pasa de ser un fenómeno secundario la expansión alejandrina del saber, con enciclopedias, archivos, bibliotecas y museos, y últimamente la ciencia en general. En cada uno de los niveles es posible una mutación, igual que en cada momento es posible la muerte.

165

Si damos crédito al pronóstico del cesarismo, ahora nos encontraríamos, por lo que respecta al Estado mundial, «antes de la batalla de Actium». Las comparaciones son iluminadoras. Al mundo tripartito le falta todavía uno de sus miembros. Latifundios, ejércitos de extranjeros en las ciudades, emancipación de las colonias, que son enviadas a formas nuevas de dependencia — de modo similar a como un esclavo se convierte en un «cliente», en un «liberto».

Ha acabado un ciclo; lo que sigue es un tiempo sin historia, de duración indefinida, que puede resultar agradable o, en todo caso, no trágico, según el modelo de ese «último hombre» que nos anunció Nietzsche y que nos ha descrito Huxley.

Por cierto que pudiera ser que se encontrase ya a nuestras espaldas el tiempo del superhombre — pues ahora los períodos transcurren con mucha rapidez y muchos no pasan de la fase embrionaria. ¿Un *salto mortale*, por tanto — pero no del titiritero, sino del bufón que saltó por encima de él? (*Así habló Zaratustra*, I, 6).

166

Si se contempla dentro de su ciclo un determinado momento es posible interpretarlo y definirlo con acierto. El significado de ese momento puede acrecentarse, y también quedar desfigurado, si se lo combina con un ciclo mayor. Cuando el reloj de pared da las doce el Sol se encuentra en el zenit. Alguien viola las leyes hasta tal punto que es preciso dictar contra él una condena. La acción de ese hombre, vista horoscópicamente, era necesaria y, en el sentido del todo, se ajustaba incluso a una moral más alta.

Cuando hace doscientos años Luis XVI volvió de cazar y fue informado de lo que había ocurrido en la Bastilla, dijo: «Es una revuelta», pero tuvo que oír esta réplica: «Sire, es una revolución». Estaba indeciso que fuera una cosa o la otra; del rey dependía corroborar su juicio.

Esto nos lleva a los «desenfoques». Un objeto contemplado sólo con los ojos varía si se utiliza una lente para mirarlo. Y sigue variando si a la primera lente se agrega una segunda, como ocurre en los telescopios y los microscopios. Y variará más si se agregan más lentes. Los meros ojos bastarían para disfrutar de los objetos; también Copérnico se detuvo tan sólo en una estación intermedia.

167

Toda marea alta tiene su marea baja; y toda marea baja, su marea alta. Antes se pensaba que era la Tierra que respiraba. Era una buena imagen. Hoy sabemos que lo que está tras las mareas es la Luna. Si sopla un viento desfavorable, la tierra firme queda devastada por una marea viva. Se forman grandes encharcamientos. Cuando el Sol y la Luna están sobre el ecuador y pasan juntos el meridiano, hay mareas vivas. Cabría temer un máximo de marea si a la vez soplara hacia tierra un huracán. Dejando esto aparte, una de las predicciones funestas que se acumulan en nuestro tiempo es la de que está subiendo el nivel del mar.

168

Una de las razones de la angustia mundial está en que la ubicación histórica de nuestra situación es correcta, pero no suficiente. Y no puede ser suficiente porque aquí, a semejanza de lo que ocurre en las mareas vivas, intervienen ciclos que son mayores que los históricos. Uno de los méritos de Spengler, y eso hay que alabárselo, estuvo en pasar de la concepción lineal de la historia, que acababa en el puro progreso, a la concepción cíclica. Con razón se atribuyó Spengler a sí mismo la hazaña de haber introducido en la historiografía un «giro copernicano».

La historia no tiene meta; existe. El camino es más importante que la meta por cuanto puede convertirse en meta a cada momento, ante todo en el de la muerte.

169

No deberían tenerse en poco los sacrificios que se hicieron para «descubrir» los polos. La gente se dio cuenta del significado simbólico de tales sacrificios — también se dieron cuenta de ello los hombres que perecieron en los «hielos eternos». Para las nuevas nupcias del Hombre con la Tierra se había establecido con eso un signo, algo así como una imposición de manos. Quedaba expedito el camino para el Estado mundial, para los vuelos espaciales, para el fuego plutónico, para liberar a Prometeo de las cadenas a que está sujeto en el Cáucaso.

Eso se logró a comienzos de este siglo, y en sus finales la gente cruza los polos en líneas aéreas.

170

No son pésimas las perspectivas del Estado mundial, pese a una serie de bellacos que han aspirado a él y cuyo fracaso hemos presenciado. La potencia creciente tanto de los medios de transporte como de los medios de aniquilación llegaría a ser catastrófica si no hubiera una fuerza central que mandase en ella.

No es, empero, la revolución mundial la que trae las mareas vivas; las trae la revolución telúrica, que está detrás de aquélla. La revolución telúrica es la que modifica las amenazas — la que cambia, por ejemplo, la amenaza económica en amenaza ecológica, o la amenaza de la guerra en amenaza de exterminio sin más. Ya no puede decirse que exista la guerra en sentido clásico. La destrucción llega a ser telúrica, es como si cayese un bólido del cielo. Es algo que acontece a intervalos metahistóricos; de ello dan testimonio los cráteres erosionados por el tiempo.

La cuestión que aquí se plantea es la siguiente: cuál es el ciclo, en el caso de que queramos contar por ciclos, que hace culminar, al modo de una marea viva, la historia. ¿Podría repetirse el Cretácico o incluso una época anterior? Una cadena alpina no se eleva sin ton ni son.

Nuestro saber no alcanza a dar aquí una respuesta. Ello hace que la parte principal de nuestra existencia repose en expectativas — ahora bien, ¿no ha sido así siempre?

171

Los fenómenos de la revolución mundial y de la revolución telúrica coinciden ciertamente en parte, pero la mirada se hará cuando menos más aguda si los separamos. Algo parecido a eso hicieron los profetas del Antiguo Testamento al distinguir, como Jeremías, las calamidades políticas y los pecados cometidos. Nietzsche vio por anticipado, o al menos vislumbró, que el ser humano iba a cambiar, cambiar en el sentido de la especie, mientras van perdiendo sus aristas las diferencias de raza; los biotécnicos están aplicándose entretanto a la tarea. La Tijera corta, el Demiurgo aporta la música de acompañamiento.

La carga que hay en la atmósfera es de naturaleza plutónica y eléctrica. El hecho de que se trasmitan imágenes y sonidos en el cinturón eléctrico que ahora rodea a la Tierra es un detalle secundario y discrecional en comparación con el hecho de que el cuerpo sea traspasado por ondas que llegan hasta los átomos, incluidos los del cerebro. De ello tampoco quedan libres, claro está, ni los vegetales ni los animales ni los minerales.

172

En este marco el regreso de los descendientes de Prometeo es un acontecimiento entre otros. Prometeo es el que lleva a los dioses los mensajes de los titanes; compite con los dioses, pero no llega adonde éstos se hallan. Lo que los dioses crean con un

«¡hágase!», por ejemplo el hombre, eso le cuesta a Prometeo un duro trabajo. Prometeo modela al ser humano, pero no lo crea.

Cabría arreglárselas en todo caso con los titanes. Los antiguos consideraban que la Edad de Crono fue, a pesar de todos sus horrores, la Edad de Oro. Los seres humanos no envejecían y, una vez que se habían dormido para siempre, sobrevivían espiritualmente — es algo que va más allá de lo que imagina Huxley.

La afluencia de energía plutónica, una energía a la que por el momento más bien se teme e incluso niega que domina, apunta al retorno de los titanes en la Figura del Trabajador. Tal retorno sólo será posible cuando la energía plutónica se personifique.

También aquí está preparado el escenario antes de que comience el espectáculo. «Preparado» significa tanto «decorado» como «vacío». El público está ahí; también está ahí la expectación.

Que a la postre los titanes no bastan fue algo que quedó definido auguralmente por el naufragio, al chocar con un iceberg, del barco que llevaba su nombre. No es frecuente que Casandra entre en detalles de esa manera.

173

Desde los inicios se tuvo conocimiento de que no podemos saber ni de dónde venimos ni adónde vamos y se sospechó que nuestro estar aquí en la Tierra, nuestra presencia en ella, es tan sólo una breve interrupción del camino.

En un pasaje que ahora no recuerdo dónde está dice san Agustín que todo cavilar sobre lo que hubo antes no sirve para otra cosa que para llenar los manicomios; y Umberto Eco afirma, en un ensayo que estoy leyendo en la mañana de hoy, 4 de junio de 1988, que toda tentativa de averiguar el sentido último conduce al absurdo y le arrebata su misterio al mundo.

174

También cabe ver la pared exterior del muro del tiempo como el brocal de un pozo. Al explorador del emir Musa que trataba de hallar una entrada en la Ciudad de Latón le llevó dos días y dos noches dar la vuelta a la ciudad. En el caso del brocal del pozo basta una mirada.

El musgo y la yedra que proliferan en la parte superior del brocal se extienden en círculo; el progreso retorna a sí mismo, igual que la serpiente que se muerde la cola. En lo hondo del pozo penetran las raíces, pero no las miradas. El sentido del tacto lleva más lejos que el de la vista, sobre todo cuando crece el peligro.

Mímir era el guardián de un manantial subterráneo que llevaba su nombre, «la fuente de Mímir». El agua de esa fuente primordial otorgaba el conocimiento de las ultimidades, de las postrimerías; beber de ella les estaba vedado incluso a los dioses. Odín logró la autorización sacrificando uno de sus ojos. Desde entonces uno de sus nombres fue «amigo de Mímir».

Mímir aparece también como mensajero de los dioses — pero, a diferencia de Prometeo, que lleva mensajes a los dioses, él es enviado por ellos. Es enviado, por ejemplo, a los vanes, de los que son pocas las cosas que se nos han trasmitido. Los dioses eran, igual que los titanes, una estirpe originaria, con poder sobre la Tierra.

Por una parte Mímir, en cuanto administrador de la fuente del destino, está cerca de las Moiras, por otra se parece, en cuanto preceptor de los dioses, a los grandes centauros, como Quirón, «que también dominaba el arte del vaticinio y cuyo saber alcanza una perfección artística» (Friedrich Georg, *Mitos griegos)*. En este libro de mi hermano se lee también lo siguiente: «Quirón colma de fuerzas artísticas la vida de los héroes, que sin ellas continuaría siendo por necesidad una vida zafia y mísera».

Quirón fue lo que en tiempos posteriores se llamó un «plurisapiente», alguien que sabía muchas cosas. Su saber era originario; aún no se había ramificado para formar la ciencia. Quirón estaba muy cerca del muro del tiempo. Parece que es en el mundo de las artes donde Quirón vive su retorno —por ejemplo, en Leonardo—, aunque eso ocurre muy raras veces.

Quirón fue también maestro de Asclepio, quien fue conducido a él por Apolo. Lo instruyó en el arte de curar y también en otras cosas. La guía comienza donde acaba el tratamiento; el objetivo de la guía no es una vida larga, sino algo más.

175

Léon Bloy: *Dieu se retire*. En comparación con el siglo XVIII, el extrañamiento aumenta en el siglo XIX; y con el extrañamiento aumenta el riesgo. El *logos* se ha establecido en su nivel material. A Voltaire lo leía la gente en los salones, desde San Petersburgo hasta Madrid (aquí, desde luego, antes de Llorente, con una cautela extrema) — Darwin fue popular hasta entre los artesanos. Parece que los siglos tienen necesidad de un cierto empujón para mostrarse; aquí cabe marcar la señal en la muerte de Goethe.

Cuanto mayor es el alejamiento, tanto más crece también, por necesidad, la tensión del espíritu que intenta superarlo. Esto lleva a cortocircuitos letales. También Apolo abandona el campo de batalla y se retira; el arte continúa siendo, con todo, el mejor indicador cuando los altares se despueblan o sólo son visitados ya por los démones. Desde el Romanticismo se incrementa el número de las metas muy elevadas que acaban en catástrofe; por otro lado también introducen confusión ciertas cosas extemporáneas, parecidas a toperas en un campo labrado, y asimismo ciertos lenguajes secretos. También a Hamann podríamos ponerlo aquí.

El espíritu está amenazado aun en zonas distintas de aquellas en que lo estuvo el marqués de Posa: pudiera ser que incluso al espíritu le concedieran los dioses unos días de gracia — así es como lo vio Hölderlin:

Aber Freund! Wir kommen zu spät. Zwar leben die
                              [Götter,
Aber über dem Haupt droben in anderer Welt.
Endlos wirken sie da und scheinens wenig zu
                              [achten,
Ob wir leben, so sehr schonen die Himmlischen uns.
Denn nicht immer vermag ein schwaches Gefäss sie
                              [zu fassen,
Nur zu Zeiten erträgt göttliche Fülle der Mensch.
Traum von ihnen ist drauf das Leben. Aber das
                              [Irrsaal
Hilft, wie Schlummer, und stark machet die Noth
                              [und die Nacht...

[Pero ¡amigo! llegamos demasiado tarde. Cierto
                              que viven los dioses,
Pero allá, sobre nuestras cabezas, en otro
                              mundo.
Allá actúan sin fin y parecen cuidarse poco
De si vivimos; tanto nos dejan en paz los celestes.
Pues no siempre pudo contenerlos una débil
                              vasija;
Sólo a veces soporta el hombre la plenitud divina.
Sueño de ellos es después la vida. Pero el
                              desvarío
Ayuda, como el sopor, y la necesidad y la noche
                              fortalecen.]

176

Pan y vino. Este gran poema hace justicia a los padecimientos del hombre amigo de las Musas.

«¿Para qué poetas en tiempos de indigencia?» Pero es sólo una transición, una transición que el sueño y acaso también el dios del vino hacen soportable. Al solitario se le figura que «es mejor dormir que estar así sin compañeros».

El espíritu está siempre amenazado, pero lo que ahora causa consternación es que naturalezas geniales vayan al hogar a través de la locura, el suicidio y la muerte temprana. Es algo que empieza con Novalis (fallecido en 1801); también podemos incluir aquí a Weininger (*Sobre las postrimerías*) (muerto en 1903). Lo que causa estupor en Wagner es su solidez, lo robusto que es; en ello intervienen movimientos de retirada. Además, Wagner tuvo todavía un rey.

177

El camino por el laberinto no conduce a verdades nuevas — lleva a lo sumo a parábolas nuevas. En el valle oscuro no luce el Sol, pero en ocasiones brilla un arrebol matutino. También los dioses son parábolas.

178

Cuando aparece algo que no se aguardaba, algo que, según los casos, desconcierta o irrita o da ánimos, se lo saluda como «nuevo». Este adjetivo es, si no un signo de que algo sea bueno, sí al menos una etiqueta. Las expresiones cambian; el sentido es siempre el mismo desde que se habla de tiempo y de trascursos de tiempo. La palabra que está de moda por el momento es «posmodernidad»; designa una situación que existe desde siempre. Se llega ya a ella cuando una mujer se coloca en la cabeza un sombrero nuevo.

También está de moda la palabra «aceptación». Este vocablo brota de un malestar creciente que nos produce el progreso; se discute, por ejemplo, si debe «aceptarse» la energía nuclear. Pero la energía nuclear está ahí porque no se la rechazó desde sus inicios. En la China de Lao-Tsé no se hubiera aceptado de ninguna manera el automóvil; y en Alejandría, a lo sumo como un juguete.

Lo posible se presenta porque lo trama en su cabeza un inventor, un fantasmón o un profeta. También a los dioses es menester aceptarlos. Entonces lo posible pasa a ser algo muy importante. Ha conseguido un nombre, es posible invocarlo, venerarlo. Si quienes vienen después no entienden eso no es porque ellos sean más listos —más listos que Heraclito, por ejemplo—, sino porque han aceptado otras cosas.

179

Cuando Hölderlin dice en *Pan y vino* que, en el tiempo sin dioses, para el poeta «es mejor dormir», eso no excluye que entretanto sucedan cosas significativas. Hölderlin lo atribuye al «desvarío»:

> *Aber das Irrsaal*
> *Hilft, wie Schlummer, und stark machet die Noth*
>   [*und die Nacht,*
> *Bis dass Helden genug in der ehernen Wiege*
>   [*gewachsen,*
> *Herzen an Kraft, wie sonst, ähnlich den*
>   [*Himmlischen sind.*
> *Donnernd kommen sie drauf.*

>   [Pero el desvarío
> Ayuda, como el sopor, y la necesidad y la noche
>   fortalecen,
> Hasta que los héroes hayan crecido bastante en
>   cunas broncíneas,
> Y los corazones, como antaño, sean semejantes en
>   fuerza a los celestes.
> Tronando llegan ellos.]*

El poeta ha conseguido dar un salto en el tiempo sobre su propio siglo, salto que cabe interpretar mejor ahora, a finales del siglo XX. De ahí que sus versos adquieran mayor plenitud a medida que van envejeciendo. Se prevé el advenimiento de los titanes — ¿cómo puede afrontar el poeta su interregno? Los titanes son semejantes a los dioses, pero no idénticos. También aquí, como luego en Nietzsche, se busca refugio en Dioniso.

---

* La traducción castellana de estos versos de Hölderlin y de los citados poco antes es de José María Valverde. *(N. del T.)*

180

El catálogo completo de las cosas posibles está siempre ahí — para que una posibilidad salga a escena es preciso que se la acepte. Christian von Wolf explica la palabra *Daseyn* [existencia] diciendo que es un complemento de lo posible. Kant afirma que ese pensamiento es «muy indeterminado» y lo desarrolla en varias direcciones. El «judío eterno» o «judío errante» es así, para Kant, «sin duda un hombre posible». Esto suena absurdo, pero indica lo mucho que aquí se afina. Ir más allá hubiera sido peligroso; ya eso molestó a los ortodoxos. Para Hölderlin los dioses griegos no sólo eran posibles, sino que estaban presentes.

181

De la tesis wolfiana de que «la existencia es un complemento de lo posible» cabría sacar la conclusión de que también la vida tiene que ser aceptada. A esto corresponderían los mitos de creación de muchos pueblos — en especial de aquellos que se representan la Tierra como un huevo. Si cae sobre la Tierra una sombra como la de Urano, eso podría ser la interrupción de un sopor. Al despertarse la Tierra despiértanse también fuerzas como el *eros* en el mundo orgánico y el magnetismo en el inorgánico.

La tijera empieza a cortar; se vuelve afilada. ¿Es esto, como asevera Wolf, un complemento de lo posible, o es una función: un palpitante abrirse y cerrarse en lo grande y en lo pequeño de la existencia, también de la persona singular? Esta última habría representado entonces, como existencia, lo que en ella era posible, pero no sería ella la que lo habría «ejecutado».

182

La aceptación, es decir, algo que no es sólo resignación, sino contestación a una demanda, es lo que realiza el cambio de vía. Fue precedida de una exigencia: una insistencia o llamada a la puerta, venida desde lo posible, desde lo imparcelado. La persona singular vive eso en horas silenciosas en que la asaltan pensamientos incitándola a obrar. Ella se mantiene casi siempre en el punto medio bueno — frente a los pensamientos nobles, audaces, fantásticos, siente su debilidad, y, por otro lado, rechaza los pensamientos viles, feos, vulgares, que ascienden fermentando desde lo hondo. Si la insistencia se hace más fuerte, como si llegara de fuera y nos interpelase, se corre el riesgo de apariciones. Dostoievski las trata, especialmente en *Demonios*, por el orden en que van presentándose.

Monasterios góticos forman la antesala del gabinete de Fausto, como lugares de tentaciones solitarias, pero también de éxtasis comunes, en los que es lícito sospechar que hubo un extraordinario aflujo de fuerzas.

183

No se conoce con exactitud la fecha en que fue ideado el reloj de ruedas. De su uso en los monasterios hablan ciertas noticias que se remontan a los comienzos del siglo XII. Eso habrá ido precedido sin duda de un tiempo de incubación, de modo que podría estar próximo su milenario — sin embargo: «el rocío cae sobre la hierba en lo más profundo de la noche». También hubo rumores que pusieron en relación con los relojes de ruedas al papa Silvestre II, al cual se le atribuyeron artes mágicas.

De los relojes elementales, que miden el tiempo con luz, agua, arena y fuego, diferénciase el reloj de ruedas en que en él esa medición compete a una máquina que vuelve abstracto el tiempo. El tiempo ganado de ese modo es un tiempo independiente del cosmos y de sus movimientos. También recubre los climas, así como el calendario de las festividades de los pueblos y las marcas del destino de las familias y de la persona singular. Es comparable al producto de una destilación o a la materia inorgánica expelida por una centrifugadora. Con la medición mecánica del tiempo empieza un nuevo desafío a la fuerza, a la inteligencia y a la moral del ser humano. No sin razón declaró Nietzsche, en contraposición a Kant, que el tiempo es absoluto.

184

El reloj de ruedas instauró un tiempo universal mucho antes de que los pueblos supieran nada de él, cuando ese tiempo discurría en un solitario monasterio con una maquinaria aún muy torpe. A partir de entonces no ha sido posible detener su marcha victoriosa; ese tiempo universal era el que llamaba al trabajo y a la oración. Una de las primeras vivencias importantes de la infancia es que al niño le permitan ver un reloj. Casi siempre es un tío el que se lo enseña.

Con el tiempo de la radiación, es decir, con el comienzo de nuestro siglo se hace imprescindible un nuevo surtido de cronómetros; en ellos se anuncia el regreso de los relojes elementales en un nivel más elevado. Eso irá seguido de un calendario nuevo con fechas nuevas.

185

El reloj mecánico es diferente de las máquinas que se utilizaban en la Antigüedad y que recibían el nombre de «aparatos compuestos». Los molinos y los carros eran movidos por fuerza de hombres y de animales. El viento y el agua no se emplearon hasta mucho más tarde. El molinero podía dormir durante la molienda, pero su cercanía era necesaria.

Esas máquinas usadas en la guerra y en la arquitectura que son descritas por Vegecio y por Vitrubio eran unos artilugios considerables. Arquímedes, que a lo que parece conoció ya la fuerza del vapor de agua, construyó con palancas, aparejos y vientos unos ingenios que fueron admirados como prodigios de la técnica. Famosa es su sentencia de que sacaría al mundo de sus goznes si se le proporcionaba un punto fijo en el Universo.

También Julio Verne se ocupó del problema del desplazamiento de los polos, pero consideró que para lograrlo se necesitaba emplear dinamita. Eso parece practicable, dados sobre todo los efectos que tienen los medios de hoy. Pero la novela de Julio Verne está casi olvidada; la sentencia de Arquímedes, en cambio, ha pervivido milenios. Es un dicho ingenioso, aunque uno se pregunta cómo tendría que estar hecha la palanca capaz de efectuar esa operación. La sentencia de Arquímedes es imperecedera porque nos introduce en el reino de lo ilimitadamente posible — allí donde ni la tijera corta ni pincha la espina.

186

Tanto geográfica como históricamente está lleno de sentido concebir como «Occidente» el mundo de la Antigüedad y el mundo fáustico; pero es también algo numinoso. Un templo descansa sobre los cimientos de otro templo, ha vuelto a ser levantado con sus piedras. Tal vez antes de que hubiese edificios hubo allí ya una tumba o un lugar al que se rendía veneración.

Ya en los primeros tiempos de la historia de Occidente emergen personajes que luego retornan en las mudanzas de los siglos. Ejemplos: Heródoto, el erudito que emprende viajes; Arquímedes, ocupado, en la Siracusa en llamas, en sus círculos; Plinio el Viejo, investigador y funcionario durante la catástrofe provocada por la erupción del Vesubio. A todos ellos les es común la unión de curiosidad insaciable, *ethos* y peligro; esa unión conduce, como ocurre en el gabinete de Fausto, a encuentros excelsos, pero también a la superficial sed de saber de Wagner, el criado de Fausto.

Ulises desea escuchar, aun a riesgo de la vida, el canto de las sirenas. Recorrió Occidente hasta llegar a sus límites; sin Ulises no existiría Occidente — tampoco el aterrizaje en la Luna.

187

Hasta que se inventó la máquina de vapor el mundo salió adelante, sin sentir ninguna carencia, con el nivel técnico alcanzado en la Antigüedad; luego el desarrollo se hizo fulminante. Tenían que estar en el aire cosas que harían época, como puede deducirse del hecho de que la investigación comenzara a hacer experimentos también con la electricidad desde la perspectiva del dinamismo (Watt nació en 1819; Volta, en 1827).

188

La pólvora y la imprenta habían promovido ya de todos modos el igualitarismo de la sociedad; éste se ha convertido entretanto en el barómetro político. El igualitarismo no es consecuencia del desarrollo técnico, sino que tiene el mismo denominador que él: la creciente hambre de saber.

Los primeros que sufrieron la agresión del igualitarismo fueron los caballeros y el clero; los siguió luego la burguesía. Propiamente ésta tuvo a su disposición, para desarrollarse completamente, tan sólo el siglo XIX, y causa estupor lo que logró hacer en un espacio de tiempo tan corto. La burguesía estuvo representada ante todo por los catedráticos de universidad. En ese espacio de tiempo se puso la base de la técnica del siglo siguiente, el nuestro, y tal vez del que vendrá. El mundo fue sacado de sus goznes y encajado en la ciencia. Catedráticos de universidad en este sentido fueron también Moltke, Marx, Nietzsche y Renan.

Podría pensarse que el destino de Arquímedes se repite en la casta de los catedráticos de universidad. Es indiscutible que el aprecio en que se los tenía ha descendido mucho, coincidiendo con la especialización. Después de la segunda guerra mundial se secuestró a los físicos como si fueran hormigas y se los llevó a prestar servicios a hormigueros extranjeros.

En el saber están a punto de producirse modificaciones que aún no cabe calibrar — por ejemplo: su generalización por filtración. La tarea se vuelve anónima, también más peligrosa. Pronto empezará a hablar la materia misma, tras haber estado largo tiempo mascullando. Para ello es preciso colocar el carro delante de los bueyes — es decir: primero el vocabulario, y después, la lengua; se pone la palabra en la boca. Ya no se le dice el sonido al disco, sino que se graba en él de manera directa.

189

El pensamiento de que la Tierra gira alrededor del Sol contribuye poco a que los seres humanos se sientan a gusto. Parece que fueron muchos los griegos de la Antigüedad que ya supieron eso. Antes de que Copérnico implantase para nosotros una luz nueva nos las habíamos arreglado con Tolomeo — había más seguridad cuando el cielo de las estrellas fijas giraba aún alrededor de nuestos polos.

Entretanto ha tenido éxito también en la práctica la operación de llegar a las estrellas — es lo que ocurre en los vuelos espaciales, en cuyos inicios nos encontramos. Por cierto que en la astronomía el cosmos no quedó estabilizado tampoco por el descubrimiento copernicano. Escenario de explosiones y turbulencias enormes, el cosmos ofrece la contrafigura de la armonía de las esferas de Pitágoras.

190

La aceptación de la Figura del Trabajador fue lenta, se impuso a redropelo, por coacción. Eso no puede maravillarnos, pues el igualitarismo no se detiene ante los estamentos; más bien tiende a aniquilarlos. Tal proceso no excluye tampoco al trabajador, en la medida en que se lo considere como un estamento o como una clase. Esto parece paradójico — de ahí que ese conflicto no fuera descubierto como tal hasta finales de nuestro siglo.

191

El clero tiene la ventaja de poseer un tiempo propio, cosa que es más importante que poseer un espacio propio. El clero es el defensor del año de las festividades. El anhelo de que el tiempo del destino esté marcado con las grandes fechas del nacimiento y de la muerte perdura también en aquellos sitios donde las iglesias son destruidas o transformadas en museos. Sólo imperfectamente es posible secularizar el tiempo del destino.

Una y otra vez se planteará la cuestión del antes y el después. En eso no tiene competencia la ciencia. De ahí que casi siempre los cultos sobrevivan a los Estados y a las culturas, bien que con figuras cambiantes. Cuando las iglesias son demolidas, no por ello desaparecen las necesidades que ellas satisfacían; al contrario, se hacen aún más fuertes.

Es notable el renacimiento del islamismo en nuestros días. A este respecto cabe señalar que también él depende de la técnica, la cual es el uniforme del trabajador.

192

En el caso del caballero y, después, del soldado y del guerrero sin más, su aceptación fue desde siempre directamente obligada. Aquí rige la frase que dice que «o tragas o pereces». Con todo, el guerrero se siente conservador; le gustan las armas antiguas, las que sirven para el combate cuerpo a cuerpo, como la espada o el escudo. Hasta nuestro siglo no desaparecieron de los ejércitos el caballo, el sable, la coraza.

La discusión ha terminado cuando el proyectil del enemigo tiene mayor alcance que el nuestro. Esto rige para la ballesta que derribó a Ricardo Corazón de León y también para el hundimiento del *Almirante Spee*. Los lamentos se repiten: ha pasado el tiempo del coraje viril. La pólvora marca un punto muy bajo — en su *Orlando furioso* Ariosto la condena como invento diabólico; en Cervantes el caballero pasa a llevar el nombre de «el de la Triste Figura».

Aún me acuerdo de apasionadas discusiones tenidas después de la primera guerra mundial: ¿qué es lo importante, el material o la moral? Mis interlocutores no querían reconocer los cambios que esas cosas habían sufrido en Verdún y en Flandes. El fuego llegó a ser absoluto.

Entretanto se ha anunciado un fuego que no sale de los cañones de las piezas de artillería; con ello se ha anunciado un cambio que cae fuera de toda experiencia. Ya no son suficientes las comparaciones sacadas de la historia, tampoco las sacadas de los signos ya recorridos del Zodiaco. Si quisiera hablarse de una partida de ajedrez, sería ocioso meditar sobre los cambios que habría que hacer en el rey, en el caballo, en la torre. La mesa sobre la que estaba el tablero ha sido volcada. Ha pasado el tiempo del guerrero como estamento o como casta, ha pasado el tiempo hasta de la guerra misma. El caos se ha acercado más y con él se han acercado unas dimensiones en las que no pensó ningún Clausewitz.

193

También las barreras que el poder legal había levantado para defenderse de la pura violencia se vuelven frágiles con la decadencia del estamento de los guerreros — y eso ocurre no sólo en Occidente, ocurre asimismo en la tierra del *bushido*, en Japón. Esas barreras fueron violadas no pocas veces, mas nunca dejó de haber consciencia de ellas — en Kleist, como problema.

«Eso va contra el honor»: tal máxima le señalaba sus límites incluso al príncipe absoluto — unas veces con éxito, otras, con consecuencias trágicas. El coraje —el coraje frente a los tronos y las tribunas y el coraje en los campos de batalla— ha ido desapareciendo progresivamente a medida que los grandes conflictos han ido adquiriendo formas de guerra civil mundial. También el teatro se ha dedicado a otros problemas, aunque «no sin contradicción» (Sudermann: *Honor*, 1889).

194

Cuando Spengler se burla de Ibsen y de sus personajes protestatarios, lo que ve es el negativo de un descenso. Por otra parte comienza para la persona singular una nueva etapa de soledad, por cuanto padece cada vez más a causa de la sociedad; también ésta empieza a desmoronarse. La persona singular desea liberarse.

La liberación del individuo es importante, desde

luego, pero es superficial, pues la individualidad no es más que una de las posibilidades de la persona singular; ésta tiene más cosas que ofrecer. Olas pequeñas anuncian en las playas poco profundas las mareas. El hundimiento de una casa va precedido de crujidos en las vigas. En ese sentido cabe ver la Belle Époque como un preludio. Cuando la hoja se vuelve hacia «el otro lado» (Kubin) el refugio desaparece, crece la soledad. Los cambios sociales no mejoran la posición de la persona singular, la agravan incluso. La sociedad deja a la persona singular en la estacada. Los socialrrevolucionarios, sucesores de los decembristas, se pudrieron en las cárceles de Lenin una vez que le desbrozaron el camino.

Llega un momento en que los problemas como tales proporcionan únicamente molestias. Por ahora, más bien que ser planteados, son liquidados con rapidez, liquidados en estado embrionario, por así decirlo: es una consecuencia de la aceleración. Están multiplicándose los sectores en que los problemas son resueltos por las máquinas.

195

Los problemas del teatro clásico, del teatro burgués y del teatro de crítica social pierden su rango en una inflexión de los tiempos como la actual, en que los dioses se retiran y los titanes van haciéndose cada vez más poderosos. Un suplemento de escepticismo actúa aquí como una vacuna; de ahí que Molière aguante más tiempo que Racine.

Los aparatos no pueden sustituir la presencia del

ser humano. Incluso en los errores esa presencia se acerca más a lo perfecto que todas las exactitudes. La realidad causa un efecto más fuerte al ser mostrada que al ser dicha. Se la enseña. Mayor efecto aún causa algo cuando acontece, y ello tanto en el actuar como en el no actuar, es decir, tanto en los actores como en los espectadores al mismo tiempo. Para ello es necesario que salga a escena el señor de la fiesta.

El único que en nuestro tiempo puede ser el señor de la fiesta es Dioniso, pero no en su dimensión de dios, sino en su dimensión de titán. Así es como lo entrevió Nietzsche en su obra *El nacimiento de la tragedia* y así es como lo conoció, con anterioridad a Nietzsche, Hölderlin:

Wie Fürsten ist Herakles,
Gemeingeist Bacchos...

[Como los príncipes es Heracles,
El espíritu común es Baco...]

Esto significa el retorno de la democracia a la dimensión en que fue concebida.

196

Uno de los síntomas de la inflexión de los tiempos en que nos encontramos es que la cabeza va adquiriendo un creciente predominio sobre la mano. En esto es preciso tener en cuenta que la mano no es un mero instrumento, sino que también posee una autonomía dentro del conjunto. La mano reacciona antes de que la cabeza se haya formado un concepto de la caída. Se trata de un campo muy vasto — ¿hemos de aceptar por ello teorías como las que dicen que fue la oposición del dedo pulgar lo que hizo posible la mano y que fueron determinados cambios producidos en la laringe lo que hizo posibles el lenguaje y el entendimiento, tomados en sentido humano? A eso cabría oponer: «Es el espíritu el que se fabrica su cuerpo». De acuerdo — pero entonces también se fabrica su cerebro.

197

En la medida en que no se imponía por la fuerza a esclavos y a siervos, el trabajo manual era algo que estaba «en orden» — poseía sus ventajas y sus inconvenientes para cada uno de los estamentos. Los monasterios tenían sus hermanos coadjutores; los caballeros, sus escuderos; los maestros, sus oficiales y aprendices; los labradores acudían al campo con su familia y sus criados.

Siempre fue molesto el trabajo; o, por lo menos, el ocio era preferible. Ya Hesíodo ensalza aquellos tiempos en que una sola jornada de labor bastaba para un año entero. Tampoco puede decirse que en el Paraíso hubiera trabajo. Es bien sabido que con la invención de la máquina de vapor se produjeron modificaciones no sólo en la índole del trabajo, sino también en su *ethos*. Un nuevo descontento, el del cuarto estado, invadió la sociedad y conmovió sus cimientos.

Poco a poco fueron multiplicándose los síntomas de unos padecimientos que no quedaban restringidos sólo al cuarto estado, sino que iban invadiendo todos los estamentos en general. Eso, más que un acontecimiento social, hubo de ser un acontecimiento elemental, que empezó a modificar todas las especies de trabajo — tanto si había que ejecutarlo en las manufacturas y en las oficinas como si había que hacerlo en los campos de labranza o en los campos de batalla. Al principio la fuerza de vapor dispensó a los músculos de una inmensa cantidad de trabajo; después la electricidad conectó entre sí un enrejado de nervios. El siguiente estadio de los aparatos, cuyo desarrollo no es posible aún prever, absorbe funciones del cerebro y pone en marcha autómatas que trabajan en torno al reloj y también en Marte. El homúnculo abre la puerta — pero esta vez no lo hace para entrar en la habitación de un Tomás de Aquino, que lo recibe a golpes.

198

El desarrollo parece paradójico; comienza a formarse un estamento nuevo — no sin resistencia de los afectados, que son expulsados de su oficio y situados en un orden abstracto. No pasa mucho tiempo y ese estamento nuevo consigue, tras grandes sacrificios, hacerse con el poder en amplias zonas del planeta. Se pensaría que ahora habría llegado la Edad de Oro.

¿O era sólo una de esas fugaces transiciones que se dan al inicio de una de las grandes épocas y que no reciben su nombre de las culturas, sino de materias como la piedra y el bronce? La Edad de Hierro culminó en el acero; lo que ahora está comenzando es una era nueva bajo signos dinámicos. Pero el descontento crece precisamente en aquellos países que disfrutan de un formidable bienestar.

199

Lo que cabría esperar, ya que el cuarto estado ha conseguido el dominio en grandes imperios y ha llegado a ser muy poderoso en otros, es que el descontento se calmase; lo que se observa es lo contrario. Medio siglo ha mostrado que tanto el cuarto estado como también el clero, la nobleza, el campesino y el burgués han perdido lo que es peculiar de un estamento, aquello por lo que se señala. A finales del siglo pasado empieza el cuarto estado a ceder terreno en los campos en que era fuerte: el progreso, el ateísmo, la dictadura.

Hay detrás de todos nosotros otra cosa.

200

También en aquellos sitios donde la técnica ofrece su lado de comodidad el malestar se asemeja a una nube que estuviera acumulándose sobre el planeta. Ciertas advertencias de carácter material lo corroboran — luces y ruidos amenazadores, contaminación atmosférica, condensaciones de gases dejados por los aviones de reacción, enturbiamientos de la estratosfera, etc. También estas cosas se traen aquí sólo como síntomas. A finales de este siglo ha emergido un concepto nuevo, «la guerra de las galaxias».

La sombra causa efectos fisiognómicos; tiene sus buenas razones el hecho de que hoy casi nunca se consiga hacer un buen retrato. La jovialidad está desapareciendo; hay países donde raras veces se ríe y otros donde tal cosa ya no ocurre. Se trabaja, pero ya no puede decirse que haya un día de fiesta, como lo hubo después de que consiguiese fundirse la campana de que habla el poema de Schiller. Hay colaboradores, pero no «señor y criado» (Moser, 1759) en el sentido patriarcal. Todavía a principios de siglo existía un recíproco *sourire* cuando se prestaba un servicio; Tolstói se sentía a gusto tras haber estado segando con sus siervos.

La sospecha de que estamos siendo envenenados se hace epidémica, y con razón. Cada una de las famosas ciudades antiguas tenía su propio *melos;* con los ojos cerrados podía uno oír en qué lugar y a qué hora era huésped de ellas. De los cuatro elementos se han vuelto sospechosos el agua, el aire y la tierra; el fuego acrecienta su poder.

201

La aceptación de los caracteres secundarios de trabajo es cosmopolita. Entre esos caracteres están los aparatos y los órdenes que de ellos se derivan. Un pensamiento mecánico o mecanicista, fundado en mediciones, los ha desmitificado. Cualquiera que sea el sitio donde los seres humanos habiten o residan, da igual que sean los polos o el fondo del mar, van acompañados de motores, si es que no han sido ya precedidos por ellos. Su ritmo modifica el campo en torno, y lo modifica no sólo mecánica, sino también mágicamente. No está comenzando un tiempo nuevo, lo que está comenzando es otro tiempo, un tiempo diferente.

«El Señor ha vallado mi camino con obras» (Jeremías).

202

Cabe hacer esta pregunta: ¿hay fuera de Occidente regiones donde se ha aceptado la técnica no sólo como movimiento, sino con aquel mismo impulso que se despertó en el Gótico y que constituye la característica del espíritu fáustico? ¿Puede aguardarse en esas regiones algo más que imitaciones y variantes producidas por gentes que viajan en el estribo del tren — puede aguardarse también una fuerza original, que esté a la altura del origen?

Oswald Spengler dio una respuesta negativa a esa pregunta — lo hizo con especial vehemencia en una nota a pie de página de su obra principal, nota que está dedicada a «el destino de la máquina». Spengler elogia la máquina como «el más orgulloso invento de la burguesía», y, en concreto, «de la burguesía de una sola cultura». Las palabras de Spengler dicen así:

203

«Mientras el destino de la máquina determine la Tierra, toda persona no europea intentará descubrir el secreto de esa arma terrible, pero rechazándola interiormente; lo mismo el japonés que el indio, el ruso que el árabe. La esencia profunda del alma mágica quiere que el judío, como empresario e ingeniero, no se dedique a la creación de máquinas, sino a la parte comercial de su producción. Pero también el ruso mira con temor y odio esa tiranía de las ruedas, cables y rieles, y, aunque hoy y mañana se aguante ante la necesidad, llegará un día en que borre todo eso de su recuerdo y de su contorno, para edificar un mundo enteramente otro, donde no haya nada de esa técnica diabólica».

204

Eso es lo que dijo Spengler después de la primera guerra mundial. Cabe presumir que después de la segunda, que él no vivió, no habría modificado sus palabras, pero las habría reservado para una sección histórica especializada; pues lo sucedido ha rebasado todas las predicciones fundadas en la experiencia.

La primera guerra mundial todavía se libró de acuerdo con las reglas del siglo XIX; la segunda se adelantó hasta el siglo XXI, un siglo del que se augura, y no son sólo por parte de los astrólogos, que habrá en él una espiritualización formidable. Con ello quedarían abolidas ciertas demarcaciones que hasta hace poco resultaban eficaces.

Spengler decía que los rusos y los japoneses eran imitadores; eso, desde luego, ha dejado de ser cierto desde mediados del presente siglo. Más bien podría decirse lo siguiente: al principio los rusos y los japoneses aceptaron con reservas la técnica como lenguaje mundial, pero después la aceptaron apasionadamente y causaron estupor con sus realizaciones originales. Algo parecido ocurrió al comienzo de la Edad de Bronce y, luego, de la Edad de Hierro, es decir, cuando se ingresó en el mundo mítico y cuando se ingresó en el mundo histórico. También astrológicamente hay aquí correspondencias. Una Casa nueva; lo que sigue es la instalación de los muebles pertinentes.

Mayor sorpresa aún le habría causado a Spengler la genialidad de los físicos judíos emigrados de Berlín y de Göttingen; en un tiempo asombrosamente breve hicieron realidad esos físicos sus saberes fundamentales, para desgracia de quienes los habían expulsado de Alemania (Einstein nació en 1879; Teller, en 1908). Véase también a este respecto lo que dice Wilhelm Fucks en su libro *Mächte von Morgen* [Poderes del mañana]: «La capacidad de apropiarse la ciencia y la técnica modernas, así como la de realizar trabajos creativos, es independiente de la raza, la religión, los sistemas económicos y sociales».

El nivel técnico se juzga por la posibilidad de utilizar o también de producir un objeto, un automóvil por ejemplo. Eso es lo que otorga el rango en el *Gestell*, en la «estructura de emplazamiento». Una exigencia más alta habrá de mostrar si es posible no sólo imitar un plan, sino también desarrollarlo.

Finalmente, a medida que va creciendo la espiritualización comienza asimismo la técnica a acercarse a la magia, por cuanto la exhibición de una fórmula se transmuta directamente en poder, semejante en eso a un conjuro mágico o a un dibujo en el cajón de arena. En Hiroshima no se había llegado todavía a ese nivel. Allí no se exhibió la fórmula, lo que se exhibió fue el objeto. Una de las sorpresas de «Acuario» podría ser no que desapareciesen las relaciones de poder, pero sí que fueran elevadas a una potencia superior — eso eximiría en gran medida de las acciones bélicas.

205

Con toda razón califican los físicos de «modelo» la genial representación del átomo; esa representación muestra una de las posibilidades del átomo, una entre otras. El hecho de que esa posibilidad se torne eficaz en proporciones gigantescas es una confirmación de que también la concepción del átomo brota del mito del poder. Semejante concepción tiene un origen titánico y se hace realidad tanto en lo más grande como en lo más pequeño dentro de los límites del mundo visible: tanto en los viajes espaciales como en la fisión nuclear.

Lo que a los griegos les importaba en el atomismo no era el poder de la materia, sino su esencia; de ahí que estuviesen alejados de los experimentos físicos. La física moderna ha encontrado, aunque de todos modos no con esa intención, una respuesta que necesita de un complemento en el sentido de la mónada. La mónada es comparable al misterioso unicornio de tierra de que hablaba Kant, mientras que lo que Bohr descubrió fue el diente del unicornio de mar, que existe realmente. Los dos están repletos de posibilidades — cada uno a su manera.

Con Leibniz habríamos llegado más lejos que con esas llamadas a la puerta de la energía plutónica. Pero precisamente tal cosa no se encontraba en el camino de la voluntad de poder. Es lo que explica también la aversión que Nietzsche sintió por Leibniz, al que calificó de «hacedor de velos».

206

Así como Jonia fue griega, Norteamérica es occidental. Parece que es en las ciudades hijas donde todavía se concentran las herencias. Y así como fue en Jonia donde se concentraron la poesía, la filosofía y la historia — así es allende el Atlántico donde en la Edad Moderna se concentra la voluntad de poder. En Los Alamos se explosionó la primera bomba atómica, no en ninguno de los viejos países de origen situados aquende el océano, en los cuales se habían efectuado las labores previas.

La relación que los países de origen tienen con sus ramificaciones —ya se hallen éstas cerca, como Macedonia o Jonia, ya se hallen alejadas por mares— es ambivalente. Con frecuencia los primeros reciben poderosos impulsos de las segundas, mediante personajes, ideas e instituciones. Franklin es a este respecto una figura clave en todos los sentidos.

También va creciendo, por otro lado, el extrañamiento a medida que pasa el tiempo. En unos campos el desarrollo se retarda, en otros se acelera — especialmente en la práctica, pues en ella faltan los frenos trasmitidos por la tradición. Un ejemplo trivial: los rascacielos norteamericanos. Destruyeron el perfil de las ciudades varios decenios antes de que lo destruyeran los nuestros y con anterioridad a que representasen un tipo.

Según Heródoto a los lacedemonios no les estaba permitido, pues se ponía en duda que formasen parte de la Hélade, participar en los juegos olímpicos. Esto nos trae a la memoria ciertos sucesos de la actualidad.

207

Uno de los indicios del Estado mundial es la desvinculación y, a la postre, la liberación de las provincias y colonias. A comienzos de nuestra era la última meta la constituía el derecho de ciudadanía romano. Hoy la constituyen, en correspondencia con la guerra civil mundial, los derechos humanos, concepto por lo pronto ideal y discutido. Las migraciones de pueblos se tornarían explosivas si no hubiera frenos.

208

Los conflictos mundiales se aprecian en que llegan hasta los confines — hoy, por tanto, hasta la Luna. El Este y el Oeste, los de arriba y los de abajo, la derecha y la izquierda, todos intervienen en ellos y todos quedan afectados. En la guerra civil entre Mario y Sila estuvo implicado ya todo el mundo conocido — desde los partos hasta las columnas de Hércules. También carecía de límites el odio. San Agustín, que dice que casi resulta imposible encontrar palabras para describir aquellos horrores, se refiere a algunos de ellos. Resume su juicio en las siguientes palabras:

«Cuando Mario, que estaba manchado con sangre de ciudadanos, huyó de la urbe, Sila tomó venganza de sus crueldades — pero no es necesario decir las calamidades que con ello provocó y los padecimientos que ocasionó al Estado. Pues de esta venganza, que fue más funesta que si hubieran quedado impunes los criminales a los que se castigó, dice Luciano: "La medicina fue demasiado fuerte para el enfermo, y demasiadas fueron las consecuencias que de ello se siguieron"».

Es un capítulo siniestro establecer un parangón entre aquellas atrocidades y las nuestras, y seguiría siéndolo si no asociáramos a eso la sospecha de que aquí ha trascurrido irrevocablemente una etapa de la historia o tal vez incluso una edad. Dicho en términos astrológicos, parece haberse cerrado una Casa; las «grandes ideas» se tornan chocantes y luego quedan archivadas. Pero la revolución telúrica permanece.

209

Cuando una colonia pasa a convertirse en provincia o también cuando se libera completamente de la metrópoli, sus conflictos pueden perdurar e incluso agravarse; también subsiste la dependencia y adopta formas diferentes. El señor colonial se convierte ahora en tutor y también con frecuencia en competidor.

Una vez que en Italia mejoró considerablemente la situación de la agricultura merced a las indicaciones dadas en su obra por Varrón, importar cereales de Egipto no compensaba, o sólo compensaba transportarlos hasta los puertos de mar. Entonces las ciudades se endeudaron, muy por encima de sus posibilidades, a poderosos capitalistas — y cuando éstos se acercaban con sus tropas a las ciudades para cobrar las deudas, en la cuenta entraban también el cuerpo y la vida de la persona singular.

La esclavitud era, por una parte, una institución, y, por otra, una desgracia que podía ocurrirle a cualquiera — también al hombre libre, cuando se derrumbaban las murallas de su ciudad. En *La guerra de los judíos* (VI, 9), de Flavio Josefo, se encuentra una descripción detallada de lo que es hacer «limpieza»: se comenzaba por matar a los viejos y a los débiles.

210

A principios de nuestro siglo nadie habría osado siquiera pensar que pudiera producirse una recaída en los niveles primitivos de barbarie que aparecieron en los campos de concentración y en los de prisioneros. Los últimos rastros de tal cosa parecieron quedar borrados con la guerra de secesión de los Estados Unidos de Norteamérica.

A partir de 1917 el movimiento de las masas no sigue ya el modelo de 1789, que aún continúa actuando retóricamente, sobre todo en los Parlamentos, aunque es otra la marcha que llevan los relojes.

El movimiento no es tanto de avance cuanto de rotación; de ahí que hasta ahora ese movimiento ni haya formulado unas metas precisas ni haya producido tampoco un mando supremo concreto. Lo que hay son centros de gravedad y hombres poderosos en los que se concentra y gasta la energía. La primacía la tiene un elevado nivel de conocimiento, anónimo y desconsiderado, que vencerá las resistencias políticas o sociales allí donde tropiece con ellas. Un pronóstico favorable podría relacionar ese nivel de conocimiento con las avanzadillas de una espiritualización planetaria.

La persona singular habrá de tomar en consideración que también las acechanzas se vuelven al mismo tiempo anónimas y se hacen más refinadas.

211

Oswald Spengler me escribió una carta * en que decía que no sabía qué hacer con la «Figura» del Trabajador. Era comprensible; restringió ese concepto al obrero de fábrica. Lo que en cambio me extra-

---

* También en *El Trabajador*, pág. 328, comenta E. Jünger esta carta que O. Spengler le dirigió el 25 de septiembre de 1932. *(N. del T.)*

ñó fue que invocase a los campesinos como portadores del futuro. Eso estaba en contradicción con su sistema.

212

La teodicea es la justificación de Dios por el hombre; intenta explicar las razones de que el Todopoderoso pueda permitir el mal. Los animales no conocen esas cuitas. Moralmente viven antes del pecado original, aunque participan de sus consecuencias; también ellos las padecen.

Job, que duda de la bondad de Dios, es castigado por ello — pero también es premiado abundantemente, una vez hecha la penitencia. El Señor se le aparece en la tempestad y exhibe su grandeza — entre otros modos, aludiendo a los poderosos animales que ha creado. Es posible que esto se inventase con fines pedagógicos. El Creador no necesita aludir a nada; le basta la exhibición. Así es como se pensaba.

No sólo a partir de Nietzsche se convirtió la teodicea en una cosa sin importancia, en comparación con el problema de si EL existe en absoluto. También Leibniz planteó esa pregunta; y le dio, desde luego, una vehemente respuesta afirmativa. La formulación de Nietzsche no es radical, por cuanto su veredicto «Dios ha muerto» implica que antes tuvo que estar vivo. Precisamente eso es lo que hace atinada su fórmula, pues en la crítica de los cultos es menester no olvidar la perspectiva que el creyente tiene o que necesariamente tuvo. Los tiros apuntan, también ahora, al sitio donde están las reservas.

Este problema necesita un tratamiento diferente, pues es insoluble y siempre volverá a suscitarse. Que Dios exista es una cuestión disputada — que el problema existe es un hecho; no sólo ha intervenido en la historia, sino que la ha creado. De ahí que también bajo los conflictos actuales haya de estar escondido ese hecho.

Que al espíritu no lo inquiete ya una teodicea no quiere decir que el problema no esté ahí. Antes al contrario, lo ocurrido es que ese problema ha alcanzado un estrato más hondo, pues ya no se trata de cualidades como la «bondad». Lo que está en entredicho no es ya un mero atributo, y tampoco la existencia de esto o de aquello, sino la existencia como tal.

213

Ya quedó dicho antes que estas angustias retornan cada vez que empieza un nuevo milenio. No será casual que a la vez estén acumulándose las catástrofes. Los crepúsculos de los dioses van asociados a esas catástrofes naturales que son descritas también en Hesíodo, en las *Eddas* y en el Antiguo Testamento — asociadas, por ejemplo, a diluvios, lluvias de fuego, inviernos muy prolongados, tinieblas, sequías, cosas todas ellas de las que no se recupera la Tierra hasta años más tarde. Pero la Tierra reverdece, como lo pronostica también la Gran Promesa (Génesis, 8, 22).

No hay ninguna de esas plagas que no sea temida también hoy. Las causas de ellas son, claro está, típicas de la época — pero a la postre tienen un carácter arquimédico-babilónico. Son obra de los titanes y de su insaciable hambre de energía.

214

También cabe sopesar la posibilidad de que el crepúsculo de los dioses se quede en nada. Los personajes llevarían ciertamente los mismos nombres, pero estarían iluminados por una luz diferente. Los viejos valores no tendrían ya vigencia; los nuevos aún no la tendrían. Esa es la media luz que hay en Hesíodo y en Nietzsche: en el primer caso, mito e historia, en el segundo, historia y metahistoria.

Lo primero que hace falta averiguar, antes de poder otorgar al «Ser Supremo» el predicado «bueno», es qué significa «bueno». Por cierto que esa expresión, «Ser Supremo», estuvo llena de sentido; servía para ocupar provisionalmente un lugar vacío. El hecho de que los dioses sean inventados no habla en contra de su realidad. Lo que se hace es marcar una parcela donde cavar en busca de oro.

215

Con la mencionada media luz concuerda el hecho de que en la obra de Nietzsche *El nacimiento de la tragedia* Dioniso sea llamado ciertamente dios, pero sea tratado como un titán. Numerosos son, en efecto, los signos indicadores del retorno de Dioniso;

entre otros, el denominado «problema de las drogas». Esta vez no viene de la India, sino de México. La espiritualización ha llegado a un nivel tal que en él las fórmulas de la química orgánica y de la inorgánica son contempladas y combinadas como textos jeroglíficos. Vistas las cosas con los ojos de la alquimia, la serpiente se desliza a través del cristal. Es evidente que, igual que en el vino, también aquí intervienen factores divinos. Ha resuelto el problema quien satisface ese anhelo.

216

Hasta los pesimistas que consideran inevitable el apocalipsis concederán que nuestro mundo va a resistir todavía un siglo. Y en un siglo son muchas las cosas que pueden suceder — dadas las posibilidades casi ilimitadas que están anunciándose. El tránsito del siglo XIX al siglo XX fue, en comparación con esto, nada más que un corto salto.

217

Tiempos de escasez van seguidos de un *embarras de richesse* que escapa a la planificación y a la administración. Aún tiene la economía un carácter secundario, como de cosa propia de patio trasero, aunque, por otro lado, el andar reflexionando sobre el lugar en que va uno a disfrutar sus vacaciones forma hoy parte del nivel de vida. Aun prescindiendo del avión, eso es casi un milagro si se lo compara con la vida que todavía a comienzos de nuestro siglo llevaba un criado, siempre recluido en su buhardilla. Lo que resulta paradójico, en cambio, es que todavía se presente como un problema el paro, es decir, que la Figura del Trabajador no tenga aún su residencia en el piso más alto del edificio. Caracteres de trabajo están invadiendo, de todos modos, ciertos territorios fronterizos; es lo que ocurre en los deportes, lo que ocurre en los juegos, lo que ocurre también en la televisión, esa monotonía cinética, velocísima y a la vez lenta como un sueño, y lo que ocurre asimismo en ciertas cargas atmosféricas que se sustraen a la consciencia, pero que producen más cambios que todas las puras doctrinas.

218

¿Para qué poetas? Eso llenaba de consternación a Hölderlin. Quien continúa siendo indispensable es el filósofo; a él le toca afianzar a la persona singular en su rango propio, en ese rango que no podrá arrebatarle ningún siglo, tampoco el tremendo que está al llegar con sus amenazas. Cada uno de los siglos tiene su forma propia de ataque — el XVIII, la subordinación, el XIX, la proletarización, el XX, la numerificación. En el próximo la persona singular habrá de decidir si se entrega o no se entrega completamente al titanismo, pese a que participar en él es algo que no sólo entraña peligros, sino que produce fascinación. Resulta especialmente difícil contestar a esa pregunta en unos tiempos en que se ha vuelto absurda la teodicea. Ya están planteándose ciertas cuestiones previas. Lo que las distingue es que no forman parte de los ritos usuales en los Parlamentos y en los Estados y que tampoco pueden ser solventadas por el derecho y ni siquiera por la moral. El anhelo de encontrar un buen maestro es algo que va adquiriendo primacía a medida que lo que puede sacarse de las universidades es cada vez menos, aparte del *know how* técnico. A un buen maestro acuden en tropel las gentes, aunque resida en el Himalaya.

También en esto hay que hacer una salvedad: la técnica, en especial la técnica de la física y de la biología, ha alcanzado entretanto un nivel que la acerca a la transcendencia. El hombre que considere importante «saber lo que la Tierra quiere» hará bien, por tanto, en asomarse a esos sectores. En ellos echará en falta menos cosas que en los pensadores, los cuales están casi siempre inficionados de política; y, además, «no se sale del tema». También hay que prevenir contra los historiadores; se envilecen hasta el punto de convertirse en meros peones y cómplices del periodismo.

219

A cada día que pasa parecen más insolubles, al menos vistos desde la perspectiva humana, problemas como el de la contaminación, el de la droga, el de la superpoblación, con los fenómenos marginales que los acompañan, así la criminalidad y el terrorismo. Es manifiesto que hemos exagerado, y ello también éticamente, el valor del progreso. De ahí, asimismo, esa vuelta de los sistemas lineales a los cíclicos; lo que a estos últimos les corresponde en el mito es el titanismo con su eterno retorno.

También es probable que exageremos los daños que causamos y nuestra culpabilidad. Esos daños son desde luego considerables, pero no son apocalípticos en el grado en que se teme. Además son tempestivos, pues el Estado mundial está coordinado con dimensiones cósmicas.

220

Una idea que va asociada a la angustia mundial es la de que los problemas son insolubles. Quedarán solucionados cuando encajen bien los hechos que están en su base y surja así una estructura nueva, un sistema nuevo. A menudo eso resulta sorprendente, y a la gente le gusta calificarlo de «providencial»; pero es algo que cabe observar por doquier en la Naturaleza y también en la sociedad. Grandes fuerzas como la gravedad y el magnetismo, pero también *pólemos* y *eros*, la lucha y el amor, se cuidan de ello. No hay luz sin sombra; toda marea baja va seguida de una marea alta.

Tomemos un ejemplo actual: sería una catástrofe, claro está, que se derritiesen los casquctes polares. Ahora bien, tal vez eso podría quedar compensado por la nueva tierra firme que dejarían libre los glaciares. Groenlandia tuvo una Edad de Hielo intermedia durante la cual estuvo poblada por islandeses. Se trata de una elucubración, que tampoco decide si la tierra firme es más valiosa que los mares. Sería imaginable un planeta puramente oceánico, con vegetales y animales, también con seres espirituales, pues todo ha surgido del mar:

Ozean gönn uns dein mächtiges Walten.
[Océano, otórganos tu poderoso dominio.]

Siempre ha habido en la Tierra tiempos en que ha hecho un poco más de calor y otros en que ha hecho un poco más de frío; y la cuestión de cuál es aquí propiamente la norma nos sume en perplejidad. Nuestra experiencia geológica es limitada. La tierra firme y los mares, así como los vegetales y los animales y los hombres se adaptan por las buenas o por las malas al clima. La norma se establece a sí misma.

Han sido ya varias las veces en que se han extinguido vegetales y animales — y no sólo algunas especies, sino formaciones enteras. Las causas las desconocemos. Lo que desasosiega al hombre de hoy es la colaboración que él presta a esas pérdidas y su proximidad en el tiempo más que la extensión que puedan alcanzar. Así, le causa más pena la desaparición del dronte, un ave que fue exterminada hacia 1600 en la isla Mauricio, que la extinción del mamut, que a lo que parece fue víctima de una oscilación del clima. Y la desaparición de los saurios, con la que concluye una edad de la Tierra, lo afecta como algo fantasmagórico, como una leyenda. Tampoco echa mucho de menos las selvas vírgenes del Carbonífero, cuyo sol sigue dándole calor. Nunca más ha habido selvas tan frondosas como aquéllas.

La sospecha de que estamos presos de un destino geológico no exime de responsabilidad ni a la persona singular ni a la sociedad. El menguado éxito que tienen los diques que oponemos a esa inundación es un testimonio de su poderío y de su extensión. Los triunfos que se convierten en derrotas son típicos de esta época.

La técnica, que es a la vez el lenguaje mundial y el uniforme del trabajador, no le cae bien todavía a la figura de éste e incluso le resulta incómoda; eso se debe a que no fue cortada de acuerdo con la moda del próximo siglo, sino de acuerdo con la del anterior. Las metas están allende el mundo económico. Medios ingentes se hallan ahí preparados para ser utilizados a discreción.

221

En el fondo estas mudanzas se han repetido ya varias veces, también antes y fuera de la historia. A la sombra del Fresno del Mundo los grandes titanes van haciéndose iguales. Son apoyados por descendientes de Prometeo y también por cleros anónimos. A ellos se agregan los ejércitos de los creyentes. Es algo que llega hasta las gasolineras.

El dominio de los titanes es un dominio provisional, un dominio en el ínterin — pese a ello, tienen su hogar para siempre, pero no intemporalmente, junto al Fresno del Mundo. Allí son autóctonos, mientras que los Eternos acuden de lejos como huéspedes. Poco es lo que por el momento cabe aguardar de los dioses — de los titanes, en cambio, casi todo, o al menos muchísimas cosas. *Pero sólo en el tiempo*.

Plutón es uno de los tres dioses supremos; en el reparto de la Tierra le tocó en suerte el mundo subterráneo. Con ello quedó bajo su dominio también el Hades. Todavía hoy se vislumbra en Creta la sombra de sus jueces de la muerte, la sombra de Minos y de Radamantis.

Plutón era un dios, no un titán. E incluso se puso de parte de su hermano Zeus y luchó contra los titanes en la titanomaquia. Fue herido: las faltas y debilidades humanas que los cristianos achacan a los dioses griegos más bien los hacen dignos de crédito y merecedores de amor.

Lo mismo que a Dioniso, también hoy se concibe a Plutón como un titán y se lo venera a la manera titánica. Eso hay que considerarlo más como una representación que como un cambio de figura — no ha sido la figura lo que ha variado, sino la veneración.

222

El impulso instintivo plutónico no lleva ya a excavar en busca de oro, sino a excavar, desde los combustibles fósiles hasta el uranio, en busca de energías que se transmutan en utopías. Ese instinto no actúa ya con economía, sino como un despilfarrador que dilapidase su herencia por una idea fija. No sueña con grutas de tesoros, sino con Vulcano. Lo que lo incita a subir al Everest no son las vistas que desde allí se tienen, sino el récord. Para el impulso instintivo plutónico la biblioteca no es un espacio donde dedicarse al servicio de las Musas, sino una habitación donde se trabaja con medios técnicos. Descuida el culto a los muertos, pero anda removiendo y acechando tumbas antiguas y antiquísimas. Los plutócratas disponen de unas riquezas que hacen sombra a las de Creso y a las de Pompeyo, pero esas riquezas no se basan en ejércitos de esclavos, en latifundios, en provincias, y tampoco están al servicio del bienestar ni de las guerras, sino al servicio de proyectos en los que la energía se condensa y a la vez se refina. Se crea un nivel secreto que se diferencia como nunca antes del nivel general. La impresión que eso produce no es la del famoso «trabajo en la cosa por la cosa misma»; la impresión que produce es la de que es la cosa misma la que quiere algo. El servicio es colectivo y planetario, preponderantemente anónimo; y, desde que el progreso se ha vuelto sospechoso, carece de metas bien definidas.

Así es como van ensamblándose unas con otras las piedrecitas para formar laberintos donde, igual que en el de Creta, los únicos que saben orientarse son los iniciados. ¿Quién sabe, por ejemplo, qué es lo que significa un ciclotrón y cuál es la utilidad que tiene? Pese a ello, a medida que va pasándose de un modelo de ciclotrón a otro se multiplican los gastos subterráneos y se aprueban en los Parlamentos las ingentes sumas que ese aparato devora. Ningún Estado puede aportarlas por sí solo. Para el gran siglo que está a la puerta se aguarda una luz nueva; la lámpara maravillosa es de uranio.

223

Plutón podría haber tenido como peón suyo al cojo Hefesto, al que los romanos llamaron Vulcano y al que le puso cuernos Ares. Este herrero divino posee un parentesco más estrecho con los cíclopes que con los titanes. Su obra depende de la fuerza natural que se le otorga. Es movida por el agua, como la rueda de molino, o por el viento, como la bandera. Eso es algo que no resulta palpable hasta que Hefesto se rebaja a la condición de representante en un mundo desmitificado. Como olímpico, Hefesto crea y da vida a autómatas que se mueven gracias a fuerzas mágicas, sin esfuerzo, a capricho, *car tel est son plaisir.*

La relación de Plutón con Hefesto es similar a la relación de la Figura del Trabajador con el técnico, incluso con el de gran categoría, ya por su capacidad inventiva, ya por su capacidad teórica. No es posible encuadrar la Figura del Trabajador ni dentro de la técnica ni dentro de la economía; justo por eso solucionará los problemas que están a punto de plantearse. La Figura del Trabajador «ataca el cuello de la raíz», como me concedió en una ocasión Leopold Ziegler, durante una charla que tuvimos en Überlingen.

224

Hay algo en lo que parecen estar de acuerdo los augures — en que nos encontramos «antes de la batalla de Actium». En las comparaciones históricas conviene ser prudentes — en especial cuando en ellas retornan por orden cronológico personajes y obras, como hacen los bailarines del reloj del ayuntamiento de Múnich. Más instructivas resultan las similitudes de la situación atmosférica general o el retorno de una determinada constelación. En este aspecto los métodos del historiador traen a la memoria los del astrólogo. No cabe prever los hechos resultantes de una constelación. Una tormenta puede que se desencadene, pero también es posible que todo quede en un simple relampagueo en el horizonte. Una esperanza puede que se cumpla, pero también es posible que quede defraudada. Como mera repetición cabría aguardar al final del milenio una batalla decisiva — una batalla no sólo por mar y por tierra, como en el Actium de la Antigüedad, sino también por aire y en el espacio cósmico.

Cada vez parece menos probable esa resolución del problema, resolución que por un lado es tomada en consideración y también preparada con enormes gastos, y por otro es temida. Lo que más bien cabe aguardar es que nuestra batalla de Actium «se quede en nada»; puede sospecharse que eso mismo ocurrirá también con el crepúsculo de los dioses. Lo que es cierto en todo caso es que esa batalla no puede estar ya a nuestras espaldas, pues, igual que en el siglo primero antes de Cristo, están al llegar el Estado mundial y el principado, pero aún se encuentran en el umbral que lleva de lo posible a lo necesario. «Antes de la batalla de Actium» Roma misma estaba en entredicho como centro del mundo — tal vez ya entonces se habría visto obligada a ceder ese puesto si Marco Antonio se hubiera decidido a combatir en tierra, en vez de hacerlo en el mar.

225

El historiador es libre de dar la extensión que quiera al tiempo «antes de la batalla de Actium». En todo caso sabrá de la existencia de los Gracos. En el intervalo que va de Sila a Mario la situación se hace crítica. Durante los triunviratos las guerras entre pueblos se desarrollan en escenarios de segundo orden. El marco de la guerra civil, en cambio, lo proporciona el mundo conocido. Partiendo de Italia y pasando por las provincias, se lleva la guerra civil hasta los desiertos y hasta las selvas vírgenes. Ha quedado demostrado que no es posible dejar al margen el principado.

Con César comienza un calendario nuevo; y de César toman su nombre, tanto en Oriente como en Occidente, el emperador ruso, *Zar*, y el emperador alemán, *Kaiser*. Que en el trascurso del año el mes de julio preceda al de agosto es sin duda algo que está lleno de sentido, pues fue Julio César quien, tanto como persona cuanto mediante instituciones, allanó el camino a Augusto; y no se olvide: mediante su muerte.

Para todo el que entonces quería tener voz propia eran los ejércitos una parte imprescindible del poder — hasta un banquero como Creso hubo de ser general. Bruto y Casio intentaron impedir el retorno de la monarquía; no veían las novedades que estaban aconteciendo. La corona habría convenido más a Pompeyo que a Marco Antonio; no estuvo en manos de César elegirla.

226

Antes de la batalla de Actium la persona singular puede formar parte de una determinada constelación, estar integrada en ella como miembro de un partido. Si destaca, ingresará en las listas de proscripción que tienen preparadas tanto los grandes como los pequeños. Los nuevos dueños del poder se la disputarán para ver quién se la queda; tal vez tenga la suerte de ser pariente o amiga de uno de ellos. Asimismo podría, en su condición de autor, de poeta, de hombre de mundo, caerle bien a alguien. En todo caso a la persona singular le conviene ser cauta — también entre los parientes se dan enemistades a muerte. Prescindiendo de eso, la proscripción es uno de los modos que el vencedor tiene de pagar sus cuentas.

Pero, aunque no sea una figura eminente, la persona singular puede ser reclamada también por el hecho de pertenecer a una determinada nación, o a una determinada clase social, o a una determinada raza — o, simplemente, por el hecho de comer pan. Puede acabar anónimamente en la aniquilación de una ciudad o en la conquista de una provincia, o puede ser utilizada como esclavo, si se salva.

227

La guerra civil hurga en las pasiones más profundamente que la guerra entre pueblos, pues, librada entre hermanos, está muy cerca del crimen cainita. Ese crimen no admite comparación con nada, ya que representa, dicho en términos filosóficos, el carácter inteligible, que se repite en el mundo empírico.

Que la guerra civil penetra muy hondo lo confirma, además de otras cosas, el hecho de que en ella falla el soldado, que había destacado en la batalla contra los enemigos extranjeros. Es sustituido por el revolucionario, que nombra generales y se ríe de ellos, y que también los liquida si le resultan molestos. La señal del comienzo de esta inflexión de los tiempos la constituye la primera sangre derramada ilegalmente.

228

No tenemos un Clausewitz que haya estudiado el modo de librar una guerra civil. Tampoco tenemos un Maquiavelo que haya analizado el comportamiento que debe adoptarse en ella. En el primero el centro lo ocupa el monarca, en el segundo, el anarca — el príncipe ha de saber cómo conservar la soberanía, la persona singular, cómo conservar la vida.

Un nuevo Maquiavelo tendría que partir de la situación atmosférica general: un mundo volcánico. La guerra civil es el estado normal en amplios territorios; también en política exterior se emplean con-

signas de guerra civil. En esto llama la atención la tendencia al adoctrinamiento, que no se recata de entrometerse en todo.

229

Durante las crisis lo bueno para la persona singular es que no se la vea; y lo mejor, no estar presente. Aquí tienen importancia dos presupuestos: el camuflaje y la movilidad.

El enorme valor que hoy se otorga a la «protección de datos» es un testimonio de que las necesidades de seguridad han crecido mucho. Parece perdida de antemano la batalla de la persona singular contra el «tratamiento de datos», si tenemos en cuenta que, además del Estado, de la sociedad, de la economía y, ante todo, de los medios de comunicación, hay también otros grupos que se ocupan de examinarnos a todos y cada uno de nosotros con rayos X, hasta en los menores detalles. Eso comporta que siempre «haya algo» contra uno.

230

Quien podía permitírselo tenía antaño un caballo ensillado en la cuadra; hoy lo que se tiene a punto es un avión. Cuando, a comienzos de 1933, comenzaron a ser fuertes los dolores previos al parto, ya al mediodía estaban agotados los billetes para los coches cama que circulaban entre Berlín y Zúrich. Creo que fue Valeriu Marcu quien me hizo caer en la cuenta de esa circunstancia — la emigración es, en todo caso, una forma de destino con la que han de familiarizarse todos, cualesquiera que sean las condiciones. Y es bueno ocuparse de eso con antelación.

Quien se queda puede contar con toda seguridad con que será denunciado — es una excepción loable el que alguien le procure ayuda y cobijo. Le Bon subraya que quien es interpelada en la masa es «la persona primitiva». El odio y la angustia son motivaciones directas.

231

Una cosa que habla en favor del siglo XIX, además de otras, es que en muchos Estados no hubiera pasaportes; en ese grupo figuraban los de la Liga de Alemania del Norte. Las excepciones en eso fueron Turquía y Rusia, naciones donde el pasaporte resultaba imprescindible incluso en el interior del país. La obligación de llevarlo ha vuelto entretanto a generalizarse; esa forma de coacción se ha agravado incluso significativamente. La protección de datos podrá a lo sumo suavizarla algo, pero no podrá hacer nada contra la «numerificación». En cuestión de segundos se averigua quién es una determinada persona singular. De ello depende que pueda atravesar o no pueda atravesar una determinada frontera. Todas esas cosas son molestas, pero constituyen una bagatela en comparación con la situación de quien carece de pasaporte — uno casi no es ya nadie si no tiene ese documento. En los aeropuertos y en otras aduanas de la moderna migración de pueblos se ve en ocasiones a gentes dignas de compasión; han sido segregadas por los controles. Uno puede darse con un canto en los dientes, sobre todo si es suizo. Por cierto, ¿qué papeles presentó san Pablo para demostrar que era *civis romanus*?

Hoy es imprescindible tener un pasaporte; mejor tener dos. Y lo mejor de todo, poseer un pasaporte diplomático y, además, un helicóptero aguardando en la terraza de la casa. Todo el mundo, y ante todo el poderoso, ha de contar, sin embargo, con que en un determinado momento quede cercado y no haya ninguna escapatoria. Su espacio libre será tanto menor cuanto más extenso haya sido el territorio donde haya dominado. Está de más el pasaporte; todos conocen a aquel hombre. Aquí valen estos versos de mi hermano Friedrich Georg:

Was sind Talismane, Amulette?
Hoffe nicht, dass dich ein Fremdes rette.

[Los talismanes, los amuletos, ¿de qué valen?
No esperes que algo ajeno a ti te salve.]

232

Lo único que entonces le queda a la persona singular es el pasaporte que no puede negarle nadie — ni siquiera quien le quita la vida. Es el pasaporte que permite atravesar el muro del tiempo: el que lleva a aquel lugar donde ni la tijera corta ni pincha la espina. Cada uno lleva consigo ese pasaporte; es una presunción clerical pensar que depende de ceremonias como el bautismo o la circuncisión. El clérigo no es un abridor de puertas. Su asistencia, no obstante, resulta inapreciable, sobre todo *in rebus arduis* — esa asistencia no lleva a la meta, pero facilita el camino.

A los titanes les basta la peregrinación cósmica, el eterno retorno.

233

Para el próximo siglo hemos considerado posible un grandioso y a la vez amenazador despliegue de poder como ínterin titánico; pero esto necesita una explicación.

¿Por qué habría que otorgar a los titanes sólo un *interregnum*, dado que a ellos, por ser representantes de poderes cósmicos, les corresponde el eterno retorno? Los titanes son los señores del tiempo; se muestran directamente en el cosmos, mientras los cultos llegan y perecen. Cabe suponer más bien que a veces lo divino sopla desde lejos —no desde lo eterno, sino desde lo intemporal—, germina y florece. Eso correspondería a la concepción de Spengler, según la cual las culturas son traídas como semillas y echan raíces en un determinado sitio para alcanzar así un despliegue más elevado, sobre todo en el arte. Que en la edad de los viajes espaciales gocen de popularidad las fantasías que hablan de aterrizajes de extraterrestres no es maravilla, sino un estadio de expectación religiosa que ha existido desde siempre.

Es de suponer, además, que la razón subsanará por su parte la pérdida de transcendencia que ha sufrido. Tal cosa podría repercutir hasta en los detalles técnicos, como se insinúa ya en las consideraciones que ahora se tienen con el «medio ambiente».

El hecho de que la historia clásica, con sus regulaciones y sus fronteras, haya llegado a su término ha hecho surgir a la vez una ampliación y un espacio vacío, al que afluirán cosas que no cabe prever.

234

La Antigüedad tuvo hasta su final un trato familiar y continuo con personajes míticos; el acercamiento a éstos era mayor y tenía más carácter de presencia que el acercamiento a nuestros santos. La fuerza con que impresionaban a la muchedumbre los textos de la tragedia, que a nosotros nos resultan de difícil lectura, permite inferir que allí el lenguaje causaba un efecto directo y que ese efecto no presuponía la comprensión, sino que la creaba.

El mito ha estado dando vida a la poesía y al teatro hasta nuestros días. Acompaña como un sueño a la historia; y, «como el rocío», es en lo más profundo de la noche cuando cae sobre la hierba. Si son conjurados los personajes del mito, como hizo Hitler con los dioses griegos y Wagner con los germánicos, la fuerza del conjuro se basa en que esos personajes no han estado «ni en ningún tiempo ni en ningún lugar», en el sentido de Novalis — y en que, por tanto, están en su casa en todos los tiempos y en todos los lugares.

Es «intempestivo» contemplar cosas tempestivas en el espejo del mito. En él se ven siempre cosas nuevas, pero tras ellas se vislumbran en todo momento las mismas. En cuanto instrumento de contemplación, ese espejo va más allá del tiempo y de la distancia.

A medida que aumenta la angustia mundial aumenta también la preocupación por si algo ha sido verdadero en sentido histórico. Esa preocupación está emparentada con el miedo a la pérdida de la individualidad. Allende el muro del tiempo no se pierde ni lo uno ni lo otro, sino que es llevado a un nivel más alto — primero en la resaca, después en la paz.

Cuando la luz solar cae sobre los copos de nieve, éstos se derriten; pero eso no es un argumento ni en contra de las estrellas que se forman en la nieve ni, menos todavía, en contra del hexágono.

235

Volvamos a la cuestión del ínterin. Septiembre de 1989, al regreso de un viaje a la isla Mauricio. Allí he visto todavía volar, sobre los bosques que quedan, el halcón de las islas, uno de los últimos de esa especie magnífica. Es una tristura nueva, apocalíptica; lo que vemos morir no son ya individuos, sino especies, incluso géneros.

Es no sólo probable, sino seguro, que ciertos parajes se volverán inhabitables por tiempo indefinido. En cambio la Tierra permanece sin quebranto. Varias han sido ya las veces en que ha cambiado de piel; y después del ínterin brindará una Naturaleza nueva.

«Inhabitado» no quiere decir «sin vida», como en la Luna, por ejemplo — y quién sabe si no estará habitada la Luna. Vistas las cosas desde la perspectiva de la revolución telúrica pudiera ser que Gea se recobrase precisamente en lo inhabitado y que así solucionase, recurriendo a sus reservas, problemas que la razón es incapaz de resolver. Con eso está en correspondencia la intervención del ser humano en la revolución mundial y su respuesta a un desafío al que sólo cabe hacer frente mediante el Estado mundial.

El hielo de los casquetes polares es una reserva inagotable de riquezas neptunianas y de fuerzas equilibradoras — Atlas, sin embargo, porta siempre encima el mismo peso. También puede decirse eso de la «biomasa», incluso en aquellos sitios donde resulta molesta o perjudicial. Por lo demás, y esto es cosa que se ha sabido desde siempre, el gran acontecimiento no es el morir *en masse*, sino la muerte de la persona singular; su camino encierra en cada instante la meta. La angustia mundial no pasa de ser algo efímero, pero necesario, como lo es el miedo a la muerte.

236

En el ínterin el papel principal le corresponde a Prometeo, representado por descendientes suyos, que pueden ser personas singulares o pueden ser también cleros con un perfil más o menos pronunciado. Aquí es recomendable leer el gran capítulo sobre Prometeo del libro de mi hermano Friedrich Georg *Mitos griegos*.

Prometeo no es un dios, aunque en ocasiones se las dé de tal; pero es semejante a los dioses y es de origen divino. Tampoco es un titán en sentido propio; luchó en compañía de Zeus para domeñar a los titanes — pero a su vez luchó en compañía de los titanes contra el Olimpo. Prometeo es tenido por mensajero y mediador entre el mundo titánico y el divino. Sobre todo es un filántropo, un amigo de los humanos, y se preocupa de su bienestar terrenal. «De Prometeo le vienen todas las artes a los mortales» (Esquilo).

Tanto Zeus como Jehová se cuidan de que no le vaya demasiado bien al ser humano — de que no alargue la mano hacia el Arbol de la Vida, una vez que ya ha sido hecho partícipe del conocimiento. En este sentido la apropiación de la manzana en el Jardín del Edén y el robo del fuego del Olimpo son hechos que están emparentados.

237

A Prometeo se le atribuye el robo del fuego y también la invención del número. Ambas cosas llegan a su culminación en el ínterin: un fuego más intenso y una medición que crea un calendario nuevo, basado en pulsaciones plutónicas.

Pero aquí no basta el mero crear — Prometeo es soberano, no un inventor que imita, como el Demiurgo. Eso quedará claro precisamente cuando el aflujo elemental se haga poderoso en demasía. Prometeo es también el mediador entre la revolución telúrica y la revolución mundial.

238

La radiación va adquiriendo más y más intensidad. De los descendientes de Prometeo puede aguardarse el conocimiento de «lo que la Tierra quiere». Casi no parece que de ello forme parte el arte en sentido apolíneo, es decir: la exaltación de la belleza terrenal en razón de ella misma.

«Prometeo y Apolo se enfrentan como dos extraños. A Apolo no lo afecta eso que tanto excita a los titanes, el nuevo devenir y sus riquezas, que son inmensas. El dios de lo perfecto, de lo acabado, de lo consumado, no es a la vez el dios de los trabajos, de los planes, de los talleres. No es el dios del *homo faber*, al cual favorece Prometeo... en éste hay una fuerza de trabajador manual. El espíritu de Prometeo es fecundo, tiene muchas capas, incluye la contradicción. La pasión de crear y producir convierte a Prometeo en un ser activo, incapaz de sustraerse a la acción, y el elemento que él pone en movimiento acaba devorándolo» (Friedrich Georg).

239

Hölderlin vio ya anticipadamente que el poeta está amenazado por unos tiempos en que lo que mejor le está es «dormir». Aquí ha de irrumpir Dioniso. En *El nacimiento de la tragedia* Nietzsche confrontó el arte de Dioniso, arte de la embriaguez, con el divino don del sueño.

A este respecto es preciso tener en cuenta que también la embriaguez pertenece al ínterin. La embriaguez o bien conduce a la creación o bien se agota en sí misma. En el segundo caso el tema no va más allá de la repetición. Todo artista es dolorosamente consciente de que la mera voluntad basta para la acción, mas no para la creación.

240

El ínterin se halla, vistas astrológicamente las cosas, en los inicios de su despliegue; la Casa nueva se encuentra aún entre las dos luces del crepúsculo. Es la primera vez en la historia que un símbolo dinámico del Zodiaco releva al precedente. Es previsible que se venere al Sol bajo aspectos modificados. Esa veneración está comenzando ya a dar señales de vida; y eso mismo puede decirse también con respecto a los elementos en general.

Es bien patente que el crecimiento de la espiritualización deja sentir sus efectos por lo pronto en la demolición, en la nivelación, en la reducción de los diversos colores a uno solo, el blanco. Cada vez es más fuerte la marejada; ello hace que la tarea no consista tanto en producir energía cuanto en ponerle diques. Están al llegar grandes fechas en que se harán realidad los sueños de los cuentos, como ya se ha hecho realidad en nuestro siglo el volar — y no sólo por la atmósfera, sino hasta las estrellas. En la «estructura de emplazamiento», en el *Gestell*, aparecen instrumentos y relojes que se acercan mucho al *perpetuum mobile;* con ellos aparece el *homunculus* en versiones técnicas y en versiones orgánicas. Muchas cosas cabe aguardar de la intensificación de la consciencia por ubicuidad — es decir: por el cambio discrecional de tiempos y lugares, no sólo en la pantalla de la televisión, sino en la propia persona.

No deja de resultar sorprendente la coherencia lógica con que se ejecuta el trabajo, aunque los peligros son cada vez mayores. Frente al bienestar e incluso frente a la seguridad, el experimento pasa a ocupar el primer plano. Justo por ello se plantea la cuestión de qué es lo que a la postre se pretende. Es «sólo una parábola», como lo es todo lo perecedero, pero acaso lleva más cerca del muro del tiempo que nunca antes en la historia.

En contra de los sueños no habla el hecho de que queden defraudados. Eso es necesario — también los sueños son parábolas.

241

Volvamos al espejo. El espejo es también símbolo de Afrodita; por ello fue mal visto por los Padres de la Iglesia. San Clemente de Alejandría dice que las hetairas se sientan ante el espejo para enmascararse, «mientras que a nosotros el Logos nos ordena aspirar no a lo visible, sino a lo invisible». Frases como ésa traen a la memoria los cañones con que se dispara contra los gorriones.

Para san Pablo, repitámoslo, el espejo esconde un enigma, un enigma que «después, sin embargo», encuentra su solución. El espejo es también la pared del muro del tiempo. Así como a través de ella se filtra agua de vida y forma dibujos, así se trasparenta también a través del espejo lo imperecedero y es conocido en parábolas. Es preciso que se aventure a la muerte quien quiera saber más.

242

El espejo se asemeja también al entendimiento: cuando refleja algo, cuando «reflexiona», surgen imágenes nítidas, también siluetas recortadas — pero que carecen de la parte de atrás. La mirada no traspasa el velo del Universo ni cuando lo observa desde la cumbre del Monte Palomar ni cuando lo observa desde lo alto del caparazón de la tortuga.

243

El espejo adquiere una profundidad nueva en un nivel del saber que penetra en la estructura fina de la materia con la ayuda de lentes; y es de suponer, o incluso puede medirse, que en el espejo acontecen variaciones materiales mientras refleja.

Asimismo cambia el sujeto que contempla, pero cambia a su manera; también es posible medir la distancia, por pequeña que sea, a que se encuentra de su imagen reflejada en el espejo; $a = a$ no es cierto en el mundo mensurable.

244

La averiguación de la velocidad de la luz por Olaus Römer (1675) se logró gracias a la observación de novimientos cósmicos. También los griegos habrían sido capaces de la hazaña espiritual de Römer, aunque no conocieron las lunas de Júpiter. La óptica de Olaus Römer se atenía a la imagen griega del mundo. En cambio a los griegos les habrían faltado no sólo los medios, sino también la intención, para realizar las mediciones que efectuó Fizeau con ayuda de las ruedas dentadas y el espejo. Los instrumentos de Fizeau fueron terrenales y mecánicos.

245

Se considera la velocidad de la luz como el máximo de los efectos físicos. Pero no llega a la velocidad del pensamiento. El espíritu no necesita años luz para trasladarse a Sirio. Esa comparación aclara sin duda por qué se planteó tan tardíamente la cuestión de la velocidad de la luz. Todavía en tiempos de Olaus Römer seguía atribuyéndose a la luz una difusión momentánea, hasta las máximas distancias.

246

En cuanto «fenómeno», la luz es una posibilidad entre otras. Si la concibiésemos como un lenguaje, habría traducciones de ella. Es un problema que impresionó a poetas como Baudelaire y Angelus Silesius.

La sospecha de que damos alcance a la luz en su origen y de que en el rompimiento de la ola la luz se presenta como algo conocido de antiguo es una sospecha que contradice a la medición, pero no a la meditación.

247

Reflejando su belleza, el espejo otorga fortaleza a Afrodita. También cuando el hombre espiritual regresa de su Olimpo, de su Sinaí, tras instantes de iluminación, el espejo le proporciona un brillo reflejo de sus vacaciones del tiempo.

248

Concebida como espejo, también la película tiene una profundidad propia, que acaso contribuirá a la tercera dimensión del cinematógrafo. En eso son importantes también ciertas propiedades de la sustancia orgánica.

¿Pueden ciertos componentes invisibles producir figuras en el cinematógrafo, por ejemplo mediante interferencias? También en su utilización práctica las estructuras finas han alcanzado unos grados que se transmutan directamente en cualidad.

249

¿Es un pensamiento temerario suponer que una película podría adquirir cualidades que hasta ahora han estado reservadas al pintor? Eso tendría que ir precedido de lo siguiente: que el arte lograse establecer contacto con la mónada — es una de las mutaciones que cabe aguardar. Eso haría desaparecer el significado de la autoría. Se producirían obras de arte igual que se producen las flores.

250

La muerte es sustancial; el morir, accidental. El morir tiene formas múltiples y cambiantes; trascurre en el tiempo.

La agonía puede ser breve y tranquila; o puede ser larga y atroz. La persona singular muere dignamente; encuentra, como antes se decía y se rogaba en las oraciones, «un final bienaventurado»; o bien cae, como hierba que se siega, en compañía de otros muchos, sin nombre ni sepultura (Salmo 103). Muere sin ceremonias.

De esas «ceremonias» o circunstancias concomitantes forman parte los parientes, así como la asistencia del sacerdote. Estas cosas son bienvenidas e importantes, pero accidentales; pues, a la postre, cada uno muere solo, donde sea y como sea.

251

Los revolucionarios tuvieron hasta nuestro siglo una conciencia moral que no temía la luz del día: en público fueron ajusticiados Carlos II de Inglaterra y Luis XVI de Francia; también se les permitió la asistencia de un sacerdote e incluso que pronunciasen unas últimas palabras. Esto ha cambiado; los de hoy llaman a la puerta por la noche y con niebla. A la larga, no obstante, resulta imposible encubrir el crimen; queda documentado de la manera que corresponde a su odiosidad: por la fotografía. El pintor no tiene acceso ahí, como lo tuvo todavía Manet en 1867: *El fusilamiento del emperador Maximiliano*. Tampoco se habla ya de ejecución: a la gente se la liquida.

252

La técnica puede dilatar mucho tiempo la agonía, el momento del morir — por ejemplo, mediante artes médicas que constituyen un escarnio del juramento hipocrático. Por otro lado la técnica multiplica los accidentes mortales; es cada vez mayor la amenaza de catástrofes grandes y pequeñas. Hoy se viaja a una velocidad mortal — se viaja así incluso en los viajes de negocio o de placer. Bloy vislumbró que detrás de la locura del récord lo que hay son situaciones en que podría llegar a ser importante huir rapidísimamente de un continente a otro.

253

Nos amenaza la espada de Surt; la radiación derriba paredes. En el hundimiento del *Titanic* fue posible todavía impartir la absolución. Tal cosa ya no fue posible en Hiroshima. Y en las barracas de los desolladores no podía hablarse de ello. Sería posible, sin embargo, que alguien llamado a hacerlo hubiera levantado la voz — para decir desde el fuego una verdad, una verdad parecida a la que pronunció en París, en 1313, Jacques de Molay, el gran maestre de los templarios.*

254

La transcendencia no desempeña ningún papel en las avanzadillas del ateísmo — de ahí que la muerte pierda su dignidad y el dolor pierda su contrapeso. La muerte está en el centro; el camino se vuelve gris. Luces rojas lo dividen en varias estaciones, como las del vía crucis; en ellas le arrebatan al perseguido su familia, su vivienda, sus vestidos y, finalmente, la vida. El perseguido pierde a sus amigos; los más lo abandonaron ya a la hora del crepúsculo.

---

* Según una tradición, momentos antes de ser quemado en la hoguera Jacques de Molay «emplazó» a sus perseguidores, Felipe IV el Hermoso, rey de Francia, y el papa Clemente V. Predijo que uno y otro morirían en unos determinados plazos, y sus predicciones se cumplieron. De igual manera, según Jünger, también alguna de las innumerables víctimas quemadas por el régimen nazi podría haber pronosticado la fecha de la muerte de sus asesinos. *(N. del T.)*

El ser humano queda aislado, singularizado; se convierte en una persona singular. Es posible arrebatarle la vida; se le da muerte. Lo que no se pierde son las posibilidades que la persona singular representó como individuo — quedan completadas.

Para el afectado es un consuelo saber que superará el momento de la resaca, el instante en que la ola rompe contra la playa. Pero eso no deja de ser una confortación trivial allí donde lo que él necesita es una ayuda que esté presente. Lo dicho es verdad, sin embargo; es sin duda la única verdad. No hacerla patente tanto en la veneración como en el arte significaría para los parientes y para la comunidad conformarse con el chato mecanismo de la aniquilación.

255

Si hoy un pintor recibiera el encargo de pintar un vía crucis con sus estaciones, se encontraría perplejo en lo relativo a las fisonomías — ¿cuáles poner, por ejemplo, en «El prendimiento» o en «El escarnio»? Tendría que tomar prestados de maestros antiguos unos rostros de maldad abismal. El pintor se ve remitido así a esos modelos que pueden encontrarse hoy en cualquier oficina, en cualquier mesa de un bar. Lo mismo cabe decir de los grandes demagogos — son personajes cualesquiera, como todo el mundo. El *Zeitgeist*, el Espíritu del Tiempo, los extrajo de las ingentes masas a las que ellos hablaban — y no porque fueran diferentes, sino porque eran iguales: homogéneos. También por eso es una equivocación comparar a los grandes demagogos de hoy con personajes del Renacimiento.

256

El ser humano muere solo, «sin ceremonias». También el tiempo es una de ellas. Para quien cae en lo intemporal pierde el tiempo su significado. En lo que tarda en brillar un relámpago cruza él mundos. Mientras el dolor va extinguiéndose el tiempo se modifica, como en una de esas noches dedicadas al opio que no terminan nunca y que describió De Quincey. Montañeros que sufrieron una caída vieron cómo su vida pasaba ante sus ojos en cuestión de segundos — leyeron su propia novela.

257

Sería extraño que esa «curiosidad superior» que está en la base de la investigación se detuviera ante la muerte y no tratara de espiar lo que hay más allá de ella. También se realizan autoexperimentos que tienden a eso mismo — «así, Elisabeth Kübler-Ross ha hecho experimentos, mediante una intervención iatrogénica, con la salida de su yo del "capullo" terrenal».

Debo esta noticia a Hartmut Blersch, médico rural y amigo mío, que vive aquí cerca, en Altheim, el pueblo de al lado — también le debo algunas citas de un estudio suyo aún no publicado que lleva por título: *La transformación del morir por el «descensus ad inferos»*. El citado estudio se ocupa de «ese resplandor luminoso llegado de lo alto que a los Apóstoles se les permitió ver en el monte Tabor (Evangelio de san Juan, 17, 2) y del que a la postre será hecho partícipe todo ser humano en el momento de pasar de la temporalidad de esta vida a su dimensión del más allá».

258

«Las posibilidades de las técnicas modernas de reanimación hacen que el médico se encuentre cada vez más frecuentemente en la práctica con descripciones del momento del morir. Según esos relatos, que en sus modelos básicos coinciden ampliamente en todo el mundo, el morir es vivido casi sin excepción como algo liberador y portador de felicidad, en virtud del encuentro con una indescriptible luz del más allá; y el regreso al más acá es vivido como una desilusión. Basándose en esos relatos, la moderna investigación del morir saca a menudo la conclusión de que el ser humano tiene su hogar en el más allá y que ésa es su auténtica estructura esencial, que encuentra en la muerte su feliz consumación.

259

»Gracias a las posibilidades técnicas de la medicina moderna el médico se encuentra hoy cada vez más con personas que, según los criterios médicos, estuvieron ya muertas, pero que fueron devueltas a la vida mediante intervenciones artificiales. Como es natural, el médico siente tales triunfos como puntos culminantes de su actuación profesional; ahora bien, con gran asombro de su parte se ve obligado una y otra vez a comprobar que su alegría no encuentra ningún eco en quienes fueron sacados de la muerte. Esos pacientes se encierran en un silencio ensimismado, en una especie de rechazo, que la gente suele ver como consecuencia del acontecimiento traumático que han vivido. En realidad el enfermo no quisiera pecar de ingrato, pero en lo más íntimo de sí es incapaz de sentir alegría por su situación. En ocasiones hace con mucha timidez esta pregunta: "¿Pero por qué no me dejasteis morir...?" A quien sabe oír le llama la atención que esa pregunta no tenga un tono fatalista, sino que es como si de pronto se le hubiera impedido a alguien, por razones nada claras, iniciar un viaje hacia un mundo que desde siempre había añorado.

260

»Inmediatamente antes de la llegada de la muerte la vida entera se concentra ante el ojo interior, lo hace en fracciones de segundo, formando una visión de conjunto. Esto lo cuentan también personas que estuvieron en inmediato peligro de muerte, pero que no llegaron a traspasar propiamente el umbral. Todas ellas coinciden en contar que esa vivencia ha modificado radicalmente el resto de su vida y que el anterior miedo a la muerte ha desaparecido del todo. La muerte misma es experimentada como el paso por un túnel oscuro, por un tubo o una puerta...

»El retorno a la vida terrenal es descrito en todos los aspectos como una desilusión.»

261

Estos y otros relatos ocupan al autor del citado escrito tanto en su condición de cristiano como en su condición de médico. Hartmut Blersch subraya de todos modos que el resplandor de la luz del Tabor no guarda correspondencia, de ninguna manera que pueda conocerse directamente, ni con la actitud religiosa de la persona ni con la conducta que haya observado en la vida. El médico se enfrenta al problema de si tiene sentido prolongar la existencia mediante aparatos o si eso constituye incluso una profanación, dado que lo único que hace es alargar los tormentos de la muerte.

Muchas cosas que en las culturas superiores se consideraban naturales o no se tocaban en absoluto han pasado a constituir en la civilización un problema. La cuestión del tránsito, que desde siempre agobia a la persona singular, nos acosa cada vez más, en la medida en que la muerte queda reducida a un número o a una trivialidad.

262

El fotógrafo pueda andar con su máquina al acecho de atrocidades inauditas y puede otorgarles presencia a discreción. Es un rasgo tantálico que encaja bien en un mundo de ruedas que giran sin cesar. El arte logra soluciones mejores para representar el martirio.

A la persona singular, tanto en su condición de miembro de una comunidad determinada como en su condición de ser humano, la llenan de espanto las imágenes en que han quedado fijados montones de cadáveres o fosas abiertas. Por debajo de eso su *humanitas* queda conmocionada como por un terremoto.

La fotografía documenta la racionalidad técnica del crimen así como su trasfondo ateísta; y el crimen queda agravado todavía más por el hecho de que se le niega al ser humano una existencia sobretemporal — se lo considera sencillamente borrado. Es un error, lo es incluso en el mundo histórico. El muerto vuelve a presentarse en figura de fantasma.

En Alemania, con la mejor voluntad, la pena de muerte fue borrada del código justo en el momento en que habría sido indispensable — no como «pena», sino con fines de purificación. Sólo de ese modo habría sido posible la curación de la herida; en vez de eso, se convirtió en una postema gangrenosa.

263

El ser humano es un ser que inhuma — ésa es su característica absoluta, aun cuando sólo arroje un puñado de tierra sobre el cadáver, como hizo Antígona. *Humare: humanitas* [inhumar: humanidad]. En eso se basa la cultura, que no es un resultado que sigue a la historia, sino que la precede.

El mundo se torna siniestro en aquellos sitios donde se deniega a los muertos la inhumación y las honras fúnebres o se las descuida. La contaminación atmosférica es frente a eso un fenómeno secundario. En una cámara mortuoria en que no haya luz lo primero se hace el silencio, y después se instaura el espanto.

Porque se les ha despojado de su reivindicación humana no encuentran sosiego los muertos. Es insalvable la sima que hay entre el *heroo*, el sepulcro del héroe, y la barraca de los desolladores — en el primero se ofrendó un sacrificio, en el segundo fue obligado hacerlo.

264

Para la persona singular la inhumación es una de las ceremonias que rodean el morir, uno de los cuidados que quedan a sus espaldas, una vez que ha traspasado el muro del tiempo. Sobre esto se encuentran buenas observaciones en san Agustín, aunque él, como cristiano, hace separaciones incluso después del tránsito. Así, con san Lucas, considera que la muerte del pobre piadoso cuyas úlceras eran lamidas por los perros es mucho mejor que la del rico ateo que vestía púrpura y lino fino. De todos modos, en uno de los primeros capítulos de su obra principal, el titulado «A los cristianos no puede causarles ningún daño el que no los inhumen», señala que también hubo poetas y filósofos paganos que tuvieron en poca estima la inhumación. «Ejércitos enteros que murieron por la patria no se cuidaron ni de en qué lugar yacerían más tarde ni de a qué animales irían a servir de pasto.» San Agustín cita a Lucano: «A quien le falta urna, el cielo le sirve de cobertura».

Está refiriéndose a los caídos en la batalla de Farsalia, a los que César prohibió se diese tierra — ese detalle es típico de la guerra civil, pero arroja una sombra sobre la imagen del gran hombre.

A la comunidad cristiana, en cambio, san Agustín la exhorta a no tener en poco los cadáveres de los difuntos y, en especial, los de los justos, pues el Espíritu Santo se sirvió de ellos como de vasijas. De ahí que deban ejecutarse con la debida piedad las exequias y la inhumación.

265

Los movimientos de los titanes son acontecimientos naturales. Eso los diferencia de los héroes también por lo que respecta a la inhumación; más bien que tumbas, lo que los titanes dejan tras sí son estratos fósiles. Mi hermano Friedrich Georg trata extensamente esta materia en su libro *Dioses griegos*, sobre todo en el capítulo dedicado a la procedencia de los héroes.

Los titanes son hijos de la Tierra, en ella tienen por doquier su hogar y carecen de patria. Eso tal vez contribuya a aclarar por qué incluso en las pequeñas aldeas surgen hoy discusiones sobre si debe levantarse un monumento a los guerreros o si debe derribarse incluso el que se heredó de los padres.

266

Todos los cultos están de acuerdo en admitir la existencia de tiempos intermedios, aunque las imágenes con que se los representan difieren: el viaje por la laguna Estige, el purgatorio, el puente de Sirat, las peregrinaciones en el libro egipcio de los muertos y también en el tibetano. Tampoco faltan relatos de personas que han resucitado y vuelto a la vida, relatos que a menudo se deben a los parientes. Asimismo se oye decir que hay quien ha visto su propio cadáver — en este caso se plantearía la cuestión de si esa persona estuvo realmente muerta o sólo lo parecía.

267

A mediados de abril de 1988 leo en un periódico lo siguiente: «La radiactividad intervino ya en el Big Bang o, como se dice en alemán, el *Urknall*, el "estallido primordial", que hizo surgir el Universo hace veinte mil millones de años».

Esa misma mañana leo en un periódico distinto, entre las cartas al director, esto otro: «La creación trascurre completamente libre de teleología, y, dada la temperatura del Big Bang, no pudo haber un espíritu organizado. Este se halla ligado a la neuroquímica funcionalmente apta de nuestro cerebro, que sólo trabaja en la estrecha franja de temperatura que va de los 35 a los 42 grados Celsius».

268

Todas esas cosas son meras conjeturas. Los que procedemos de la Baja Sajonia solemos preguntar en estos casos: «¿Es que tú metiste allí la mano?». Por una parte causa estupor la exactitud de las cifras, por otra resulta que no importan unos cuantos miles de millones de años más o menos.

Mencionar una cifra no equivale ya a dar una prueba. En el origen, caso de que lo hubiera, no podía pensarse ni en el tiempo ni en los números, tampoco en los grados Celsius — ¿cómo iba a ser eso posible sin cerebro? Por el contrario, en cuanto posible, todo tuvo que estar incluido en algo así como una semilla, también el *homo sapiens* — tanto si llegaba como si no llegaba a hacerse realidad en un planeta. En el caso de que lo hiciese, con pérdidas. Ya Moisés vio mejor estas cosas.

El tiempo era oro, ese oro que se refleja en el Sol: al alejarse fue transformándose en monedas y en fichas de juego. Los intentos de acercarse al origen y, más aún, de parcelarlo son absurdos.

269

Nada que objetar a las mediciones. Pero conviene andarse con tiento precisamente en las zonas fronterizas. De lo contrario se levantan castillos de naipes, hechos de cifras, que se vienen al suelo tan pronto como se les quita de debajo la base en que se sustentan; más aún, para que se desmoronen basta con que comience a oscilar levemente esa base.

El Big Bang, o, dicho en alemán, el *Urknall*, el «estallido primordial», es un modelo de cómo surgió el mundo, uno más entre los muchos modelos que ha habido — y que habrá. El modelo del Big Bang lleva en sí el sello del *Zeitgeist*, el Espíritu del Tiempo; es, por consiguiente, científico y brutal. En una atmósfera como la nuestra, cargada de energía, sobresaturada de ella, se piensa que el Universo surgió de una explosión; a la vez se teme que al menos la Tierra perecerá de modo parecido. Vishnú y Shiva con *un único* rostro.

270

El modelo del Big Bang ha sido entretanto impugnado y modificado. También era inevitable que se asociasen con él determinadas especulaciones metafísicas y teológicas. Conviene advertir contra esas cosas; en el tiempo no es posible aprehender el origen — no es posible aprehenderlo ni con imágenes ni con pruebas.

Estamos en peregrinación; en las capillas se quedan, como exvotos, las cosas que hemos creído; y las que hemos sabido, como muletas.

271

El *Urknall*, el Big Bang, podría ser más bien la visión de un final que la de un principio. Esa expresión se ha convertido entretanto en un sinónimo para designar también el *crac* que sacudió a la Bolsa en 1986.

Ciertamente yo poseo escasos conocimientos aun en física clásica; pero he de reconocer que al principio me impresionó esa expresión; era como un golpe de timbal, cuyo retumbo era tanto más fuerte cuanto que allí no había ni un director ni una orquesta.

Luego empezaron a aparecer algunas dudas, modestas desde luego. Por ejemplo: un golpe de timbal presupone un instrumento; y un *Knall*, un estallido, presupone unos oídos que lo perciban y que, probablemente, también se asustarán. El modelo del Big Bang es una perspectiva neoyorkina sobre un mundo sin vida, más aún, sobre un mundo inexistente, en el que aún no había ni seres humanos ni números. Si el mundo era inextenso, el número que le correspondía era el cero o el uno — ya el dos supone una escisión. Esto se encuentra corroborado en la materia viva y, con más fuerza aún, en la inerte. Prescindiendo de eso, el *Knall*, el estallido, tendría que haber ido precedido de la creación de una atmósfera.

La idea del Big Bang, del *Urknall* o «estallido primordial», es groseramente mecanicista. Al menos en alemán, la impresión que produce esa palabra se alimenta parasitariamente del misterio que hay en el prefijo Ur [primordial].

272

Suena mucho mejor, en alemán, el familiar *Ursprung* [salto primordial, origen]; un salto podemos representárnoslo como queramos — también como un salto dirigido a una meta o como un salto gracioso. Asimismo podemos imaginárnoslo como un salto armonioso, como un silencioso despliegue del que se ramificase la música y la lógica. Con ello está en correspondencia el hecho de que en todo empeño serio, especialmente en el arte, importa menos el inventar que el reencontrar. Todo estilo es una nueva tentativa de acercamiento; cuanto más próximo se consiga que sea el acercamiento, tanto más durará el estilo.

Si el origen viene de lo inextenso creará espacio; si de lo intemporal, tiempo. Un salto en el tiempo, que se repite cada vez que acontece una generación — lo numinoso que en ésta hay subsiste aunque la generación se produzca en la retorta. En el caso de algo que esté ahí, en forma de caos o de huevo por ejemplo, cabe concebir el origen como una abertura.

273

Al acercamiento a lo inconcebible le rinden mejores servicios las imágenes que los conceptos; antes que el sentimiento que venera, fracasa el pensamiento. El modo de representarse el origen es un asunto privado; a nadie se le puede impedir que se lo imagine como quiera. Esa representación es una cosa útil, más aún, indispensable, cuando la persona singular se pide consejo a sí misma. La mejor forma de hacerlo es a solas, ya que en todos los tiempos hay poderes que se mueven activamente para implantar un monopolio sobre lo que es lícito creer. Frente a esos poderes la persona singular hará bien en reservarse para sí su opinión. Goethe:

Soll man dich nicht aufs schmählichste berauben,
Verbirg dein Gold, dein Weggehn, deinen Glauben.

[Si no quieres que te roben de la manera más afrentosa,
Esconde tu oro, tu marcha y tu fe.]

También Stirner daría su asentimiento a esos versos. Goethe delimitó ejemplarmente el recinto en que él era suyo.

274

El «marcharse» de la existencia es la *última ratio* de la persona singular. A ésta no le gusta aceptar esa marcha, raras veces lo hace por propia voluntad, aunque también eso ocurre. A regañadientes se deja convencer por su *physis* de que ha llegado la hora; pero cederá. La persona singular piensa siempre en eso, pero raras veces lo comenta. La «última» hora es una hora solemne, lo es aun cuando se concentre en lo que dura un relámpago. Así como el salto en el tiempo es siempre numinoso, lo es incluso en la retorta, también la despedida es numinosa — sean cuales sean las circunstancias.

275

Las conversaciones sobre las postrimerías, sobre las «últimas cosas» (Weininger), adquieren fácilmente un tono crispado; eso hace sospechar que lo que tras eso se esconde es algo más que una opinión. Es muy fácil despertar ahí conflictos latentes. Y, además, ¿para qué? — «Das el pie y te toman la mano»; a Bismarck, que era un diplomático nato, le gustaba citar esa frase. También el anarca evita las discusiones; del nivel que éstas tienen hoy dan idea las «cartas al director» que aparecen en los periódicos.

276

Nunca han faltado, de todos modos, personas que han arriesgado su cabeza por defender ciertos matices que una generación más tarde se consideraron absurdos, y que incluso prefirieron morir a retractarse. Tampoco en estos casos debería, desde luego, juzgarse a la ligera. El hombre moderno considera «subdesarrollados» tanto a sus abuelos como a los negros. Los primeros no tenían automóviles, los segundos no los tienen todavía. No obstante, en nuestro siglo plantar cara a los ateístas podría llegar a ser tan peligroso como lo fue enfrentarse a los dominicos cuando éstos se encontraban en su mejor momento. La Inquisición es una cosa permanente.

277

La idea de que el Universo se forma a partir de una explosión, de un estallido, es algo que brota del *Zeitgeist* y de su tendencia, que hoy es radicalmente dinámica. Es una imagen groseramente sensualista; le falta el *eros* de naturaleza espiritual y anímica. Si quiere aceptarse esa imagen, sólo como la parte técnica de un suceso inconcebible. También se produce un sonido cuando se abre un capullo y aparece la flor.

La vida era una posibilidad entre otras; aún no podía hablarse de tiempo en sentido astronómico allí donde faltaban los astros. Cuando señalamos fechas en el pasado nos parecemos a un ciego que marchase a tientas hacia su casa y chocase con su bastón contra una pared.

Allí no hay ya camino — sólo en un mundo donde la tijera no corta podríamos atravesar el muro del tiempo; y durante el trayecto, descansar en el interior del Sol.

278

Podría suponerse que hay una condensación absoluta allí donde lo intemporal se transforma en tiempo — de la manera que sea, con un «¡hágase!», por ejemplo. Aún no podían haberse diferenciado esos tiempos que son administrados por los dioses y los titanes, como Helio, Saturno y Apolo; tampoco podía haberse diferenciado ya el tiempo del destino, al que está sometido incluso el todopoderoso Zeus. Qué son millones de millones de años corrientes y de años luz en comparación con una condensación como la que crea el tiempo y los números. Tal condensación se sustrae a la medición; y asimismo cabe suponer que también el movimiento de que surge el camino posee una condensación inimaginable. Decir que el camino es más importante que la meta equivale a recordar un inicio en el que meta y camino fueron idénticos.

279

El primer movimiento, que acaso fuera un latido, una pulsación que iba del punto a la circunferencia y de la circunferencia al punto, o un giro que iba del punto a la línea y a la espiral, ese primer movimiento no crea el Universo, sino que lo implica. El tiempo es aún un mar sin orillas, y su vastedad es tal que contiene todas las cosas que aparecerán alguna vez y también todas las que permanecerán ocultas.

De ahí que pueda interpretarse como se quiera el origen — bien como la suave abertura de una flor de loto, bien como la emergencia de la tortuga del mar primordial, bien como un estallido. Esas cosas son siempre parábolas. Las mejores son poemas.

Se le otorgan cualidades al camino; se despliega la fuerza originaria. De ella nos acordamos incluso en nuestros movimientos sencillos. El lenguaje lo delata — caminamos, avanzamos, paseamos, peregrinamos.

280

De los varios movimientos posibles, el de pulsación oscila entre el comienzo y el final: cada vez que se instaura un camino se instaura también la vuelta. Como si hubiese un arrepentimiento, toda separación va seguida de una atracción. Se compensan las pérdidas, se compensan bien por la generación o bien por la muerte.

Las fuerzas de pulsación operan tanto en lo máximo como en lo mínimo; en ellas vibra el origen. En el cosmos el Tiempo reza sus oraciones con sus amaneceres y sus ocasos; también las reza en cada girasol.

La vida es avance y retroceso, curso y recurso, como cuando rompe la ola: rueda hacia atrás y recupera su fuerza originaria en el punto donde comenzó. Es preciso tener esto en cuenta por lo que hace a esa condensación de tiempo que no extingue la consciencia, sino que la transforma. La ola se convierte en luz.

281

La vuelta al origen lleva más allá de todo lo temporal y, por tanto, más allá de la biografía de la persona singular. Ella hizo lo que pudo; es decir, hizo cosas incompletas. Serán completadas. Eso que desde el inicio estuvo oculto en ella, eso será conocido — también todavía por ella.

Cuando los textos hablan de pérdidas —por ejemplo, del «oro que se lava en la arena», o de tribunales de los muertos— lo hacen sólo en el sentido de etapas previas. Lo posible no podría hacerse real sin suciedad, sin barro.

«El oro se acrisola en el fuego» (Eclesiastés, 2, 5). También esta prueba desaparece allí donde ya ni corta la tijera ni el fuego quema. Cuando llega a su término la peregrinación acaba también el juicio.

282

La ascensión lleva desde el origen hasta la cumbre, y desde la cumbre, especularmente, otra vez al origen. Se ha hecho lo posible. Hasta el volteriano Federico el Grande dijo en Sanssouci: *La montagne est passée.* Lo dijo en cuanto volteriano.

También la montaña de Federico el Grande tenía una cara posterior. En el lenguaje están ocultas más cosas de las que sabemos: ésas fueron sus últimas palabras. Estamos solos. En cada caso, y por muy repugnantes que puedan ser las circunstancias conducentes a él, ese instante es siempre intocable — solemne.

283

La ciencia cuenta con espacios de tiempo cada vez mayores. Pero, frente a lo intemporal, todas las prisas se tornan ilusorias.

Lo que en la ascensión parecía no acabar nunca se torna proporcionalmente breve cuando el tiempo se derrumba; cada vez es más lo que cabe en un segundo. Cuando a la persona que está ahogándose se le aparece su madre, y eso ocurrirá siempre, ese instante puede tener una duración mayor que la repetición de todos sus antepasados, y esa repetición puede tener, a su vez, una duración mayor que la vuelta a través de la materia «inerte». Para este camino tiene validez no sólo la genial concepción de Haeckel de la ley biogenética fundamental; el camino lleva hacia abajo atravesando todas las espumas y todos los quimismos. Por cierto que cabe sospechar que su duración se rige por la edad de la vida; el camino de un embrión se asemeja al salto luminoso de un pececillo sobre el nivel del mar — sólo por un instante abandona el pececillo el estado misterioso.

El enorme despilfarro de la Naturaleza en semillas y frutos permite vislumbrar que es precisamente ahí donde se esconde su cámara de los tesoros.

La «muerte clínica» marca un final, el que los médicos se imaginan. Estos no parecen hallarse totalmente de acuerdo en lo que atañe a esa cuestión. Para que pueda utilizarse un órgano es preciso que ese órgano sea «funcionalmente apto», es decir, que aún no esté del todo muerto — por otro lado, no debería estar ya vivo el donante. Congelado, el órgano puede mantenerse activo durante un tiempo muy largo — ya están dando señales de vida ciertas expectativas que traen a la memoria el culto egipcio de las momias.

Hipócrates definió la muerte como «el momento en que el alma abandona la morada del cuerpo». Eso ya es otra cosa. Inmediatamente antes e inmediatamente después de ese momento se producirán muchísimos acontecimientos inquietantes.

Prux. 11.1.93